केदारनाथ 2013

कुणाल दास

notionpress.com

INDIA · SINGAPORE · MALAYSIA

ISBN 979-8-89186-859-5

जगन्नाथ अग्रवाल अपने आसन पर बैठे, सामने खड़ी महिला को समझा रहे थे- "ऐसा है बहन जी, हम जोड़-तोड़, मोल-भाव वाला काम ही नहीं करते। जो दिख रहा है, सब खड़ा माल है- शुद्ध, 24 कैरेट सोना, पूरा 100 प्रतिशत चाँदी। इसलिए इसमें मोल-भाव की गुंजाइश ही नहीं है।"

"पर चाचा जी, हर जगह थोडी तो होती ही है-छूट-। इतना महंगा माल खरीद रहें हैं - कुछ तो कम कीजिए। दूसरे दुकानवाले तो कम करते ही हैं।"

"दूसरे दुकान वाले तो आपको शर्बत भी पिलाते होंगे और फिर मिलावटी माल भी पकड़ा देंगें, मुस्कुरा कर। पता है, यह दुकान तीन पीढ़ियों से चल रही है। जब मैंने पिताजी से ली, तो मेरे भाई-वगैर तैयार नहीं थे, इस धंधे के लिए। तब मंदी थी ना। मैंने तब से इसे आजतक कैसे चलाया?" जगन्नाथ जी ने करवट बदली। यह बातें वो मौका लगते ही कह डालते थे। यह उनके बिजनेस का एक मंत्र था। सीधी बात थोडी कड़वी बात और अपनी बात। "मैंने पहले दिन से कह दिया -शुद्ध मिलेगा, शुद्ध बनेगा। तब चार और दुकानें थी गली में। कम लोग आए शुरु में .....। पर अब देखो... बाकि दुकानें कब की बंद हो गई। आप कहो, आप सोना लेने आए हो या शर्बत.....है ना। शर्बत तो आप घर पर भी पी लोगे, यहाँ सोना देखो........। दाम वाजिव है और चीज लाजवाब। कोई इतना शुद्ध सोना, ऐसा डिजाइन इस दाम में दे दे तो आज से ही दुकान बंद कर दूँगा।...... पर वही है -दाम कम नहीं करूँगा।"

हर बार की तरह इस बार भी अग्रवाल जी का भाषण काम आया। एक तो दुकान पुरानी थी और फिर पूरे दादरी में कोई इतनी बड़ी दूसरी दुकान भी नहीं थी, सामने खडी महिला ने अपने पति की ओर देखा और फिर पाँच सौ का एक नोट पर्स से निकाल कर पकड़ा दिया। "ये लीजिए अब आप छूट नहीं देना चाहते तो कोई बात नहीं...... चलो चीज ठीक होनी चाहिए।"

"ना बेटा ..ऐसा बिल्कुल भी नहीं है। आपको चाहिए पैसे मैं अपने बटुए से दे दूँगा, पर जेवर के दाम कम नहीं कर सकता। ईमान जोड़ रखा है इसमें हमने ...।" अग्रवाल जी ने मुस्कुराते हुए सारे पैसे सामने पड़े गल्ले में डाल दिए। महिला निरुत्तर होकर चली गई।

अग्रवाल ज्वेलर्स एक व्यस्त जगह थी। चार नौकर चारों तरफ काम करते रहते थे... काले कपड़े से ढकी तश्तरी में गहने दिखलाना, फिर गिन कर अंदर रखना। दाम और पैसे का लेन-देन, जगन्नाथ जी के पास था। उनकी जगह तय थी। ठीक दरवाजे के बगल में एक गददे पर तकिए का आसन बना था और सामने एक छोटी सी टेबल जिसमें तीन चार दराजें थी। पहली दराज में हजार और पाँच सौ के नोट, दूसरी में बाकि कम कीमती कागज और तीसरे में सिक्के। चौथी दराज में गीता की किताब रखी थी। यह किताब उन्हें उनके मित्र रामचरण ने भेंट की थी। पहले यह किताब टेबल के ऊपर रही फिर धीरे-धीरे खिसक कर सबसे नीचे के खाने में पहुँच गयी। शुरु के कुछ महीनों तक तो अग्रवाल जी उसे निकालने और पढ़ने का सोचते थे पर अब कई सालों से वो किताब भी बंद थी, दराज भी।

आज पैसे रखते हुए फिर दाहिने पैर का अंगूठा दराज पर दबाव बनाने लगा। पालथी मारकर बैठे हुए अग्रवाल जी के शरीर ने अब आगे की छोटी टेबल और पीछे के तकिया को अपने शरीर का हिस्सा मान लिया था। दुकान में भीड़ कम थी, दोपहर के तीन बजे दादरी की सड़कों पर इंसान कम ही नजर आते थे। अग्रवाल जी ने चारों तरफ नजर डाली और फिर चौथी दराज खोल ली। गीता अब भी नयी जैसी ही थी। उन्होंने बगल में रखे सफेद कपड़े से किताब पोंछी और छोटे से टेबल पर रख दिया। उस छोटे टेबल को वो और हर कोई गल्ले के नाम से जानते थे। गल्ले का वास्तविक रुप तो पुराने जमाने का एक डब्बा था, जिसमें पैसे रखते थे, अब वक्त के साथ गल्ले में दराजें आ गई थी। खैर रुप -रंग बदला पर काम तो वही था। गल्ले पर गीता रखकर अग्रवाल जी ने पहला पेज खोला। रामचरण ने रोली से एक स्वास्तिक का निशान बना रखा था। साथ ही लिखा था-"शुभ।" अग्रवाल जी उस पेज को देखते रहे- कुछ अजीब था। खुरदुरा सा स्वास्तिक निशान और उसके नीच शुभ -लाभ तो लिखा ही नहीं। हर स्वास्तिक पर शुभ और लाभ दोनोही होते हैं। रामचरण ने यह क्या अजीब लिखा था। उनके दिमाग में रामचरण की छवि आती गयी। और मन ने आवाज

दिया, "वो ऐसा ही है- अजीब।" ये तो यही बात हुई कि डाक्टर के पास जाकर पूछो कि छत की मरम्मत कैसे होगी। अरे जब लक्ष्मी जी की पूजा करनी है तो शुभ के साथ लाभ तो मांगोगे ना.......रामचरण इसलिए अपनी जिंदगी में फेल हुआ है........"

अग्रवाल जी की आखिरी मुलाकात रामचरण से कोई तीस साल पहले हुई थी। उससे पहले तो वो अच्छे मित्र थे। दोनों ने साथ पढ़ाई की, साथ बड़े हुए। जहाँ अग्रवाल जी अपने पुश्तैनी व्यापार में आ गए, रामचरण ने इंजीनियर बनने की ओर कदम बढ़ाया। इधर अग्रवाल जी की मेहनत दुकान पर थी, रामचरण किताबों में उलझे रहे, पर दादरी को उस जमाने में इंजीनियर मिल गया। दोनों मित्रों की शादियां भी एक ही महीने में हुई। दोनों की पत्नीयों ने आकर घर-बार संभाल लिया, तो दोस्तों का आपस में मिलना भी कम हो गया। जहाँ पहले रोज सुबह-शाम बतियाते थे, धीरे-धीरे वह कार्यक्रम साप्ताहिक हो गया।

अग्रवाल जी को अच्छे से याद है कि जब वो व्यापार के सिलसिले में राजस्थान जाने वाले थे, रामचरण घर पर आए थे। उन्हें आर्थिक मदद चाहिए थी। पत्नी बीमार थी और उनकी सरकारी नौकरी ; वेतन आएगा तो तय शुदा समय पर ही। रामचरण अपने भाई जैसा था। अग्रवाल जी ने बिना सोचे तीस हजार रुपये दे दिए...। दिल्ली में आप्रेशन था- खर्चा तो होना ही था। पर जब वो वापिस आए तो रामचरण अकेले हो चुके थे। पैसे लग गए, आप्रेशन भी हुआ पर उसके बाद उनकी पत्नी वापिस नहीं आ पायी। रामचरण ने अपना घर बेचा और तीस हजार लेकर अग्रवाल जी के सामने खड़े हो गए।

"तुम मेरे भाई जैसे हो, तुमसे इस हालत में मुझे पैसे वापिस नहीं चाहिए। अपना घर रख ले भाई। बाद में चुका देना।" अग्रवाल जी ने पैसे लेने से मना कर दिया।

"जगन्नाथ, मुझे पता है कि तुम्हारा स्नेह मेरे ऊपर अतुल्य है। पर पिछले कुछ दिनों में मुझे अजीब सा अनुभव हुआ है.... कुछ अलग सा ज्ञान.....। मैं यहाँ से जा रहा हूँ।"

"कहाँ?.... क्यों....?"

"मैं आजाद होना चाहता हूँ ...... यहाँ से, घर-बार से, अपनी नौकरी से..... मुझे हिमालय पर जाना है............"

"तू पागल हो गया है क्या? जो समाधि ही लगानी थी और लंगोट ही धारण करना था तो इतनी पढ़ाई क्यों की? अरे मेरे भाई, जिंदगी यहाँ खत्म नहीं हुई....। भाभी का दुख मना, पर इतना दिल पर मत ले....। तू थोड़े दिन रुक जा फिर देखना, इन बातों पर तुम्हें खुद ही हँसी आएगी।"

"भाई मैं दुखी नहीं हूँ। दुखी लोग वहाँ शांति ढूंढने जाते हैं, मैं तो शांत हूँ। मैं वहाँ जिंदगी ढूँढने जा रहा हूँ। अब मैंने सोच लिया है कि बाकि की जिंदगी भोले की सेवा में काटूँगा।"

"और ये दिव्य ज्ञान और असीम शांति कहाँ से आई?"

"सुलोचना को पता चल गया था कि वो मरने वाली है। वो बहुत शांत थी, उसने पता है क्या कहा? वो बोली कि वो मेरा इंतजार करेगी.....वहाँ ऊपर, परमपिता के पास बैठकर........। वो बोली कि उसे डर नहीं लग रहा, उसे कोई आवाज दे रहा है - कि आओ.......। आवाज ऐसी, जैसी माँ की हो....। तब से मुझे भी आवाज आ रही है। हवा भी चलती है तो लगता है मुझे हिमालय की तरफ, भोले की तरफ धक्का दे रही हो। हम क्यों इन पैसे-काम-परिवार में पड़े हैं जबकि परिवार तो वहाँ से बुला रहा है......"

"अच्छा - अच्छा, समझ गया। ऐसा कर कि ये पैसे भी रख ले। जो अगर गलती से भी वापिस आने का मन हो तो ये काम आएंगे। ना मन हो तो कोई बात नहीं। मैं समझूँगा कि मैने साधु को चढ़ा दिए।" जगन्नाथ अग्रवाल जी के दिमाग में इस तरह के तर्क की जगह नहीं थी। उनका दिमाग पहले ही राजस्थान के व्यापार - प्रकरण से भरा हुआ था। वो झल्ला कर वापिस घर में घुस गए। दस मिनट बाद बाहर आए तो देखा कि रुपयों का बंडल दरवाजे पर ही पड़ा था। रामचरण वहाँ नहीं थे। रुपये जेब में डालकर वो गली में थोड़ी दूर तक आए, पर दोस्त की झलक नहीं मिली। पूरब की तरफ देखा तो कोई आवाज या पुकार भी सुनाई नहीं दी।

वक्त अपनी रफ्तार से चलता रहा। लगभग दस सालों के बाद उनकी दुकान पर एक अजीब मेहमान आया। भूरे-काले कपड़ों में ढ़का, दाढ़ी -मूंछ में छिपी शक्ल और गले में ढ़ेरों रुद्राक्ष की मालाएं। मंगलवार के दिन कोई ना

कोई भिखारी दुकान में आता ही था, पर ये अलग था। इसके हाथ में कटोरा नहीं बल्कि एक किताब थी। अग्रवाल जी ने अपनी भवें सिकोड़ कर गौर से देखा पर कुछ पता नहीं चला।

"क्या चाहिए............?"

"कुछ देने के लिए आया हूँ।"

"देने के लिए?" इस बार अग्रवाल जी ने और गौर से उन्हे पहचानने की कोशिश की ....। "कौन हो आप?"

"मैं आपका पुराना मित्र हूँ ......रामचरण ....। कैसे हो जगन्नाथ"

अग्रवाल जी को रामचरण के वापिस आने का अंदेशा कहीं सीने में दबा हुआ मिला था पर इस तरह आने की कल्पना भी नहीं थी। वो उठकर खड़े हो गए।

"रामचरण.......मेरे भाई..........कैसे हो तुम? कब आए? कहाँ थे?"

"मैं तो वहीं था, ऊपर.... जहाँ के लिए गया था। आपकी याद आई तो आज इधर आ गया।" रामचरण जी मुस्कुराते हुए बोले।

जगन्नाथ अग्रवाल जी के चेहरे पर मुस्कुराहट फैल गयी। दोस्त के मिलने की खुशी के ऊपर की मुस्कुराहट। हिमालय से थक- हार कर वापिस आ ही गया।

उन्हें अपनी समझदारी, सूझ-बूझ और अपने ज्यादा पढ़े-लिखे इंजीनियर दोस्त की वापसी पर अच्छा महसूस हो रहा था। "क्यों, आ ही गई हम लोगो की याद। मैं तो पहले ही कहता था कि इन आडम्बरों में मत पड़ो.........। चलो देर सही, तुम आए तो।"

रामचरण जी अपनी खिचड़ी दाढ़ी के पीछे से हँस पड़े, "जगन्नाथ, मैं सिर्फ तुमसे मिलने -मात्र आया हूँ। मैं यहाँ रुकने या बसने नहीं आया। मेरा घर वहीं है, वहीं रहूँगा......."

"सच में?"

"मैं झूठ नहीं बोलता मेरे दोस्त। तुम्हारी दुकान और तुम्हें देखकर अच्छा लगा। मै तुम्हारा हितैषी हूँ, मित्र हूँ। तुम्हारे लिए उपहार लाया हूँ।"

हालाँकि अप्रत्याशित उत्तर से अग्रवाल जी झेंप गये पर फिर भी सहज दिखने की कोशिश करते हुए बोले, "क्या ले आया हिमालय से......शिलाजीत की बुटी..........."

"ये......तुम्हारे काम आएगी।" रामचरण ने मुस्कुरा कर हाथ में पकड़ी हुई किताब आगे कर दी।

"किताब?"

"हाँ...। तुम जिस तरह जी रहे हो, इसको पढ़ना जरुरी है।"

"गीता??" अग्रवाल जी ने किताब को देखा, "तू मेरा धंधा बन्द करवाएगा भाई"

"रख लो...। जब वक्त लगे तब पढ़ लेना। पढ़ने का नुकसान थोड़े ही होता है।"

"होता है ना, अपने आप को देख, ज्यादा पढ़कर कहाँ पहुँच गया है?" अग्रवाल जी ने कटाक्ष किया।

"मैं पढ़कर ही सफल हो पाया हूँ, सम्पूर्ण हो पाया हूँ। तुम्हें ऐसा क्यों लगता है कि मैं दुखी हूँ?"

"पुराने कपड़े, फटी चादर.......थैला भी नहीं। मेरे भाई यही सम्पूर्ण होना है तो हमें चाहिए ही नहीं।"

"चलो रख तो लो। जब जरुरत लगे पढ़ लेना। इसमें हर समस्या का समाधान है।"

"पता है मुझे गीता के बारे में.......। समाधान क्या खाक है, गलत हुआ तो दिल पर मत लो, सही हुआ तो दारु मत पियो......मतलब प्लेन सादा-सादा जियो......। अरे जब आत्मा पर असर ही नहीं तो फिर फिकर क्यों। मस्त रहो।"

"अच्छा मेरे भाई, तर्क करने का अंत नही। देख मैं उपहार लेकर आया ना, तू बता तूने रखा है कुछ उपहार मेरे लिए? अब इसे रख ले। मेरी याद समझकर।"

"ठीक है......पर घर तो चल लेता........"

"देर हो जायेगी। आज शाम साधुओं का जत्था जा रहा है, साथ निकलना ठीक है। वरना दिक्कत है। फिर कभी घर आऊँगा। भाभी और तीनों बच्चों को मेरा स्नेह कहना।"

रामचरण जी निकल पड़े। अग्रवाल जी ने गीता उठा कर गल्ले पर रख दी। आधे घंटें बाद अचानक याद आया कि रामचरण को तीनों बच्चों के बारे में कैसे पता? उन्होनें सिर झटक कर यह विचार निकाल दिया।

वही गीता धीरे-धीरे चौथी दराज में आ चुकी थी। व्यापार में अग्रवाल जी व्यस्त रहें ना तो समय मिला उसे पढ़ने का ना ही जरुरत लगी।

आज तीस साल बाद भी गीता की किताब नयी जैसी ही थी। अग्रवाल जी ने उसे निकाल कर गल्ले पर रखा और पहले पेज पर ही अटक गए। शुभ...बस...थोड़ा अजीब था। उनकी अंगुलियां अगले पेज की तरफ बढ़ी तभी बाहर खड़े दरबान ने अंदर झांका "साहब, अर्नव साहब आ रहे हैं।"

अग्रवाल जी ने सिर उठाए बिना आँखें ऊपर करके देखा। अर्नव अग्रवाल जी का छोटा लड़का था। उनकी तीन औलादें थी, बड़ा लड़का सज्जन अग्रवाल फिर माधुरी अग्रवाल और तीसरा अर्नव अग्रवाल। पिछली कुछ दिनों की हरकतों ने बाप-बेटे के बीच तल्खियाँ पैदा कर दी थी।

"अकेला है"

"हाँ साहब........."

"आने देना।" अग्रवाल जी ने गीता बंद करके नीचे के दराज में रख दी। अभी शायद सही वक्त नहीं था। पिछली बार अर्नव के साथ एक लड़की भी आयी थी - अग्रवाल जी से मिलने। उन्होंने दोनो को बाहर से ही भगा दिया था और साथ ही दरबान को कहा था कि दुबारा आएं तो घुसने मत देना। कितना भी गुस्सा कर लें, उनके दिल में अर्नव के लिए सहानुभूति भी थी और चिंता भी।

"प्रणाम पिताजी" अर्नव ने आधा झुककर अपने पिताजी के मुड़े हुए घुटने छूने की कोशिश की।

"आओ.......बैठो। कहो कैसे आना हुआ?"

"पिताजी......मैं आपसे बात करना चाहता था...........अपने बारे में........."

"हूँ ....। देखो, तुम मेरे बच्चे हो, पर तुम्हारी जिद पर तुम्हें बर्बाद होने नहीं छोड़ सकता। अपने बड़े भैया को देखो....उसे भी तो फितूर चढ़ा था... इश्क का।

आज कैसे एक अच्छी जिंदगीं जी रहा है। ये बेकार की बातें हैं-जवानी का जोश ....। मेरे होते हुए यह सब नहीं हो सकता है।" अग्रवाल जी ने जितने साफ शब्दों में बात कही, उतनी ही सख्त निगाहों से अर्नव को देखा।

"पिताजी.....अब मैं बड़ा हो गया हूँ......। दिल्ली में पढ़ाई की, कोई एब नहीं पाला, क्या अपनी जिदंगी के बारे में थोड़े -बहुत फैसले नहीं ले सकता हूँ? फिर क्या फायदा.......क्यों मुझे पढ़ाने पर आपने अपने पैसे व्यर्थ किए?" अर्नव ने शिकायती लहजे में जिरह की। उसकी बातों में नाराजगी थी पर अपमान या बेइज्जती नहीं...।

"क्यों पढ़ाया! अरे कौन सी पढ़ाई में तुम्हें सिखला दिया कि अपने बाप से भिड़ जाओ। उस लड़की ने दो बार मुस्कुरा दिया और दो चार हवा में इशारे क्या फेंके, तू मुझसे लड़ने आ गया। देख बेटे.....यही सब सज्जन के साथ भी हुआ था। अरे बाप हूँ मैं, आज उसको सही रास्ते पर लाकर रखा न....। फिर भी अगर तुममें बड़ी परिपक्वता आ गयी है तो दरवाजे खुले हैं - जा सकते हो। मेरे घर में तो मेरा ही कानून चलेगा....।"

"पिताजी, अगर घर से भागकर ही शादी करनी होती तो अब तक भाग गया होना था। दरवाजे तो खुले ही रहते हैं। मैं जानता हूँ कि सारे घरवाले मुझे बहुत प्यार करते है। पर एक बार कोमल से मिल तो लीजिए.....। हम एक ही जाति के भी हैं। सिर्फ पैसों का फर्क है ना, पिताजी हमारे पास इतना तो है - फिर?"

"बेटे ये हमारे पास- नही, मेरा जोड़ा हुआ है। मैंने दिन-रात मेहनत की है। किसलिए -ताकि अपने बच्चों को सुखी रख सकूं। अब तू चाहता है कि अचानक तेरी आँखों को कोई भा जाए और उसे हिस्सेदार बना दूँ। ना बेटे ना। बराबर का घर होगा और उतने पैसे लेकर आएगी, जितने यहाँ मिलने हैं तभी रिश्ता करूँगा। हाँ तुझे चुनना है, घर और घर का प्यार, ऐशो- आराम या फिर धक्के......। चुन ले और बता देना। चल अब जा, दुकान पर ऐसी बहस नहीं करना चाहता हूँ मैं.......।"

दुकान से जलील होकर अर्नव भारी कदमों से बाहर आ गया। जगन्नाथ अग्रवाल को उनके फैसले से हिलाना मुश्किल था। प्यार, मुहब्बत इन सबकी जगह तो सबसे नीचे के दराज में थी....। अर्नव दुखी था और हताश भी। उसने दिल्ली के इंद्रप्रस्थ विष्वविद्यालय से एम-काम- किया था, साथ में प्यार का

डिप्लोमा भी। कोमल गाजियाबाद की थी, जो साथ में एम-काम- कर रही थी। दोस्ती हुई, फिर अर्नव ने देखा कि कोमल भी कोमल वर्मा है तो प्यार की हिम्मत भी आ गयी। पता था कि घरवाले दूसरी जाति में शादी नहीं होने देंगे। पर अब बात यहाँ फँस गई कि कोमल का घर साधारण है। वो तीस लाख का दहेज नहीं दे सकते थे। अग्रवाल जी ने अपने लड़के की यही कीमत तय की थी। एम-काम से नौकरी मिलनी मुश्किल थी, इसलिए खुले दरवाजे से निकलना भी मुश्किल था। कैसे समझाए अपने लालची और प्यार के दुश्मन पिता को, यह सोचता हुआ वो चलता रहा। आगे लगभग दो सौ मीटर पर ही बढ़े भैया की दुकान थी, अग्रवाल गारमेन्टस। जगन्नाथ जी ने पूरा तय किया हुआ था। सज्जन को कपड़े के थोक व्यापार में डाल दिया, छोट अर्नव को ज्वैलर्स बनना था, पर प्यार का नमकीन मसाला घर और भविष्य की खीर पर गिर रहा था।

जगन्नाथ अग्रवाल जी के बड़े पुत्र सज्जन अग्रवाल भी प्रेम प्रसंग में पड़ चुके थे। चार साल पहले उन्होनें भी प्यार का बिगुल बजाया था। दादरी की ही लड़की थी- साक्षी। खूब शोर हुआ, घर में बहस हुई पर अग्रवाल जी का फैसला अंगद का पांव था, हिल नहीं सका। सज्जन ने जान देने की धमकी दी, अग्रवाल जी ने उसे घर के दरवाजे से बाहर कर दिया। "उधर रेल लाइन है जाकर मर जा... या दूसरी तरफ तालाब है- उसमें डूब जा। पर मनमर्जी नहीं चलेगी।"

संदेश इतना साफ और तेज था कि सज्जन अग्रवाल ने अपने पंख सिकोड़ लिए। अगले दो महीनों में उसकी शादी भी हो गई और दो बच्चे भी हैं। सज्जन का स्वभाव भी बदल गया। अब वो चुपचाप रहने वाला इंसान हो गया था। और अग्रवाल जी की नजर में समझदार और परिपक्व। सज्जन पर मिली जीत ने अग्रवाल जी की सोच को मजबूत कर दिया था। उसकी शादी में मिले पच्चीस लाख ने कपड़ो की थोक दुकान खुलवा दी। काश! अर्नव भी मूलधन लगा कर इस अग्रवाल ज्वैलर्स के ऊपर एक दुकान खोल पाता, सिर्फ प्लेटिनम, हीरे और रत्नों की। अपने चिंतन में लीन अग्रवाल जी ने आवाज लगाई "जरा पानी लेकर आ।"

रात में घर का माहौल शांत था। अर्नव भी अपने भाई से समझदारी के गुर सीख रहा था। प्यार की परिभाषा और भाषा दोनो ही थोड़ी बदलनी शुरु हो गयी थी। अग्रवाल जी ने खाना खाते हुए पूछा "क्यों छोटे सरकार, तो क्या तय किया आपने?"

"पिताजी............" अर्नव ने सज्जन भैया की तरफ देखा। खुद से हार मानना थोड़ा मुश्किल था।

"पिताजी" सज्जन ने कमान संभाली, "अर्नव से काफी बात हुई। बच्चा है ना ये अभी। पर समझ गया। हम सबका प्यार और साथ इसे ज्यादा प्रिय है। फिर आप हम लोगों का तो भला ही सोचते हो ना। बस... अब यह उस बारे में बात नहीं करेगा।"

"सुनो जी" अग्रवाल जी ने गर्व से अपनी पत्नी की तरफ देखा, "देखा, कैसे अपने बच्चे समझदार और बड़े हो रहे है।"

"हाँ-वो तो है।" पत्नी ने मुस्कुराते हुए एक पूरी उठाकर अग्रवाल जी की थाली में ड़ाल दी। "लीजिए ना।"

अग्रवाल जी खुश थे, अपनी जीत पर, बेटे के ना भटकने पर और बड़े भाई के मार्गदर्शक बनने पर। उन्होनें पूरी उठाकर अर्नव की थाली में रख दिया। "इसे खिलाइये........।"

खाना खत्म हुआ तो रोज की तरह अग्रवाल जी छत पर चक्कर काटने चले गए। पीछे टेबल के चारों तरफ बैठे घरवाले एक दूसरे की तरफ देख रहे थे। अर्नव ने क्या खोया था उसका दुख उसके चेहरे और आँखों में साफ दिख रहा था। वो खाना नहीं खा पाया। सामने बैठी माँ ने पूछा "बेटा खाना तो खा ले। तू तो जानता है ना अपने पिताजी को.......। मैं क्या कर सकती हूँ।"

"माँ...."

"खा ले भाई। इन बातों का पिताजी पर कोई असर नहीं।" सज्जन ने भी दलील दी।

"माँ-मैं अपनी नौकरी ढूँढूंगा और फिर चला जाऊँगा यहाँ से......" अर्नव ने सुबकते हुए कहा।

"ढूंढ लेना। कौन सी नौकरी बाहर पड़ी मिल जाएगी? तू भी बेकार की बातें मत कर। खाना खा और फिर से जिंदगी शुरु कर। जरुरी क्या है इंसान के लिए-खाना, कपड़े, धन, छत और रिश्तेदार....... पैसे। सब तो है यहाँ। देख मैं तो समझा चुका आगे तेरी मर्जी।" सज्जन ने कहा।

"भैया, आप भी जिम्मेदार हो आज के लिए। आपने थोड़ी हिम्मत की होती तो आज मुझे बार-बार ये नहीं कहा जाता कि -उसको देखो, उससे सीखो। आपकी कायरता ने पिताजी को एक मिसाल दे दी।" अर्नव को कोई तो चाहिए था, जिस पर वो अपनी हार का दोश डाल सके।

"तो तू शूरवीर बन जाना। मैने वो किया जो मुझे ठीक लगा। तू तो एम.काम. है ना, पढ़ा-लिखा, दिल्ली वाला लड़का। दिखला दे हम सबको......। मैंने कौन सा रोका है। मैं खुश हूँ अपनी जिंदगी से। सलाह दी थी, लेना है ले नहीं तो रेलवे लाइन है आगे -या तो ट्रेन पकड़ ले या नीचे आ जा।" सज्जन ने गुस्से से प्लेट आगे खिसकायी और उठ गया।

छत पर अग्रवाल जी को बीच-बीच में आवाजें सुन रही थी। वो खुश थे कि चलो सामने तो नहीं बोलते बच्चे, वरना आजकल तो बदतमिजियाँ आम है। उन्हें पता था कि ये पैसा इन सब रिश्तों के बीच का गोंद है। बेटा कहीं नहीं जायेगा।

"जी हम कोई डिस्काउंट नहीं देते। हम सिर्फ गहने देते है।- शुद्ध पूरे 24 कैरेट सोना। आप बेशक कम खरीदें, पर चीज तो सही ही मिलेगी," हर बार की तरह अग्रवाल जी ने छूट मांगते हुए मोहतरमा को समझाया।

"पर इतनी थोड़ी बहुत छूट तो बनती है। वैसे भी इंसान - इंसान के ही काम आता है ना। हमने भी तो आपकी मदद की ही है....."

"हमारी मदद? हमारी मदद भला कैसे की मैडम जी।" अग्रवाल जी ने आश्चर्य से पूछा।

"आपके छोटे लड़के को नौकरी हमारी कम्पनी ने दी है। वरना आप तो जानते ही है हर दूसरे घर में आजकल एम.काम पड़े है।" "उस महिला ने मुस्कुराते हुए कहा।

अग्रवाल जी का चेहरा गुस्से से लाल हो गया। वो चीख पड़े "बाहर जाओ, हमें नहीं बेचना कोई भी गहना आपको। जाओ....। निकाल दो उसे, मेरा उससे कोई लेना-देना नहीं....जाओ।"

उसके जाते ही अग्रवाल जी ने बगल में देखा। वहाँ उनकी धर्मपत्नी खड़ी थी। पत्नी ने जवाब दिया, "मैंने पहले ही कहा था, जमाना बदल रहा है। रोज टीवी पर देखते नहीं कि लोग घर-माँ बाप छोड़ देते हैं- आपने हमारी कभी सुनी ही नहीं।"

"चुप रहो तुम-। जाओ अपना काम संभालो, चाय ले आओ।" अग्रवाल जी झल्ला कर बोले।

सामने एक लड़की खड़ी थी, "मुझे सोने का गहना चाहिए- सबसे अच्छा सा।"

अग्रवाल जी के गल्ले पर दुकान के कर्मचारी ने भारी सा गले का हार लाकर रख दिया।

"ये आठ लाख का है।"

"कोई बात नहीं। मेरे पति एम.काम है, वो अपनी मेहनत से कमा कर मुझे ये हार दे सकते हैं।" लड़की मुस्कुरायी।

"एम.काम- कहाँ से किया है उसने-?" कोने में खडे सज्जन ने पूछा।

"दिल्ली से। वो दिल्ली से पढ़ा है। माडर्न है, प्यार भी करता है मुझसे। मेरे लिए उसने अपने बाप के पैसे भी छोड़ दिए।" लड़की ने हँस कर कहा।

तभी दरवाजे से अर्नव अंदर आया। पुराने कपड़े, बिखरे बाल। पर वह हँस रहा था। "पिताजी - देखो मैं गरीब हो गया पर प्यार तो मिल रहा है।"

अग्रवाल जी डर से उठ बैठे। उनकी नींद उड़ चुकी थी। बुरा सपना उनकी नींद और आत्मविश्वास को तोड़ गया। वो उठ कर खिड़की के पास आ गये। बिस्तर पर उनकी पत्नी सो रही थी। चाँद की जो थोड़ी -बहुत रोशनी अंदर आ रही थी, उसमें उनका चेहरा दिख रहा था। अग्रवाल जी ने ध्यान से देखा। उन्हें उस चेहरे पर धोखा दिखा। पत्नी भी कहीं न कहीं अग्रवाल जी से दूर थी और बच्चों के षड़यंत्र में सहभागिनी थी। सज्जन के वक्त भी उन्होनें अपने बेटे को समझाने का प्रयास नहीं किया था। इस बार अर्नव के साथ भी उनकी सद्भावना दिखती थी। उन्होनें अपना चेहरा मोड़ कर बाहर की तरफ कर लिया। दिन भर अपने आप को काम में झोंक कर और घर में हर किसी से चल रहे शीत युद्ध से वो थक चुके थे। वैसे तो सज्जन आज्ञाकारी हो गया था, पर उसने बात करना कम कर दिया था। सज्जन के बच्चे भी उनके घर आने पर चुप हो जाते। सज्जन की पत्नी ने बच्चों को सलीके के नाम पर दादा से दूरी सिखला दी थी। अर्नव का अलग झंझट चल ही रहा था। दिन भर तो दुकान पर वो साहब जी होते थे, घर में भी उनकी मर्जी चलती थी, पर रात के अंधेरे में उन्हें काफी अकेलापन लगता था। जिस रिश्ते से भी पैसा और डर निकाल देते, वो रिश्ता दूर जाता दिखने लगता था। वो निकल कर छत पर चले गए। शायद थोड़ी देर हवा में घूमने से सिर का दर्द भी हवा में घुल कर निकल जाएगा।

अगली सुबह फिर व्यापारी अग्रवाल जी चुस्त थे। रात की सिरदर्दी अब इतनी आम हो गयी थी कि चिंतन का विषय नहीं बन पाती थी। सुबह उठकर, नहा धोकर, रोज की तरह लक्ष्मी जी की आरती का गायन हुआ। नाश्ता-और फिर सब अपने अपने काम पर। अग्रवाल जी को जाना था अपने आभुषणों की दुकान पर, सज्जन अपने कपड़ो की दुकान पर। मंझली लड़की की शादी होने वाली थी तो वो और उसकी माँ अपने कामों और ख्यालों में लग जाएगें। बच्चे स्कूल और बहू रसोई। अर्नव को कोई काम था नहीं, अग्रवाल जी उसे भी साथ ले चले। "तू मेरे साथ दुकान पर चल।" उन्हें पता था कि अर्नव क्या चाहता है पर वो अर्नव को दुकान, काम और मुनाफा भी तो दिखलाना चाहते थे। शायद इसी तरह उसका हृदय परिवर्तन हो जाए। अब और क्या रास्ता था।

हमारी दुकान इस पूरे शहर की सबसे पुरानी दुकान है।" रास्ते में चलते-चलते अग्रवाल जी अर्नव से बातें करते रहें, "और सबसे बड़ी भी। सोने चाँदी का कारोबार हमारा खानदानी है। तुम्हारे दादाजी से मुझे मिला, पर तब चलता नहीं था। पर मुझे एक मूलमंत्र भी मिला, चाहे कम चले, पर सही माल, सही दाम ही रखना। ये ऐसा है जैसे कि इंसान का चरित्र होता है ना, केरेक्टर, वैसे ही सोने का भी है। जैसे संस्कार होते है वैसे इनका भी है। अब वक्त, परिस्थिति, लालच इस सबमें जिसका चरित्र खरा है वही सही है ना। उसी तरह अपनी दुकान का भी, गहनों का भी चरित्र है- शुद्ध, खरा.....। चाहे कम बिकें, पर चरित्र कम नहीं होने देना है।"

अग्रवाल जी जो कुछ भी बोल रहे थे या बोलना चाह रहे थे वो अर्नव को चुभ रहा था। शायद पिताजी सोने -चाँदी की उपमा देकर मुझे ताने दे रहे हैं। सही भी है, वक्त, परिस्थिति, लालच और प्रेम में डिगना गलत है। प्रेम शब्द अग्रवाल जी ने बोला नहीं था पर परिस्थिति बस अर्नव ने लगा दिया। पर उसका दिल दूसरी दलील भी दे रहा था। ये वक्त, परिस्थिति और लालच कौन सा है शायद नौकरी

ना होने की परिस्थिति, बुरा वक्त और ऐशो आराम का लालच.......। उसने सिर झटक कर विवादों को किनारे कर दिया। सच उसे पता था कि बिना बाप के सहारे दुनिया के धक्के खाने से अच्छा है देवदास बन जाना, वियोग में पीने वाली शराब भी तो पैसे से ही आएगी।

"क्या हुआ?" अपने बेटे को चिंतन में देखकर अग्रवाल जी पूछे। उनका पूरा ध्यान था कि अर्नव के ज्यादा सोचने से पहले ही उसे सम्पूर्ण, व्यवस्थित जिंदगी के सपनों में ढक दिया जाए। इतना व्यस्त और सराबोर कर दिया जाए इस व्यापार में कि प्रेम विरोध या विवाद को पनपने का मौका ही ना मिले।

"कुछ नहीं बस यूं ही सोच रहा था कि काम तो काफी होगा। आप थक जाते होंगे...।"

"वो तो है। पर अपने परिवार को खुश देखकर थकान चली जाती है। मैंने ये किसके लिए जोड़ा है तुम सबके लिए ना....। अब तुम हाथ बटाओगे तो धीरे-धीरे यह सब तुम्हें दे दूंगा।"

"पिताजी, भैया ने कपड़े की दुकान क्यों खोली मतलब वो भी तो आपके साथ ये चला ही सकते थे ना?"

"नहीं बेटे मेरा तजुर्बा कहता है व्यापार में कोई किसी का सगा नहीं। अपने बच्चों के लिए इंसान का दिल बड़ा होता है, भाई के लिए नहीं। मेरी ओर से देख लो। मेरे भाइयों का कोई लेन देन हुआ- नहीं ना। एक भाई गांव में चपरासी है, अरे उससे ज्यादा तो दुकान का कर्मचारी कमाता है। पर....ना मैंने उसे नौकरी को कहा, ना उसने मांगा......। उसी तरह मैं नहीं चाहता कि मेरे बाद तुम दोनो भाइयों का विवाद हो। फिर दादरी में कपड़ो के विक्रेता है ही कितने, तुम आभूषण संभालोगे, वो कपड़ा। कपड़े के व्यापार में भी बड़ा मुनाफा है। आभूषण तो मौसमी चीज है, कपड़े सदाबहार। पर आभूषणों में एक मुश्त ही मुनाफा है। अब जब तुम्हारी शादी होगी तो कुछ पैसे मिलाकर ऊपर एक दुकान और बना दूंगा-हीरे जवाहरातों की। फिर देखना, पूरे दादरी में एकलौती शानदार दुकान होगी ये।"

"पर पिताजी........"

"क्या पर?"

"पिताजी दहेज लेना, देना सब गैर कानूनी है, बुरी बात है..........."

"अच्छा। तुम्हारी समस्या पता है क्या है? तुम लोग किताबों के विद्वान हो। जो किताब में लिखा वो सही, बाकी गलत। हमारे समय में समाज, बड़े-बूढ़े किताब होते थे। अब तुम्हारी किताब कौन लिखता है कोई ऐसा आदमी जो शहर के बड़े घरों में रहता है, जिसके पास खुद नौकर चाकर हैं, अकूत धन है। उसे खाक पता होगा समाज का। अरे हम पैसे दे भी तो रहे हैं ना। मंझली की शादी में। वो पैसो के साथ जाएगी तो आराम भी रहेगा और सुख भी। शादी -विवाह बराबर वालों का काम है। और बराबर है तो लेन देन में कष्ट कैसा। खैर छोड़..........तुम अपने बच्चों में अपनी मनमर्जी कर लेना..।"

"अभी तो मैं शादी नहीं करना चाहता। अभी काम सीखता हूँ ...... अर्नव ने टूटे दिल से कहा। "वो साथ-साथ होता रहेगा.......। तू अपने बड़े भाई से सीखा कर। राम है वो राम। अपने पिता की बातें रखने वाला, परिवार केंद्रित, शांत, सुशील......। तेरी उम्र में उसमें भी गुस्सा था... पर अब देख....। उसके साथ बैठा कर, संगत का भी असर होता है।"

"ठीक है, दोपहर में चला जाऊँगा। अभी तो आपके साथ रुक जाता हूँ।"

चलते -चलते दुकान आ गयी थी। दरबान ने नमस्ते करके दरवाजा खोल दिया।

कर्मचारी भी बाहर इंतजार कर रहे थे। अग्रवाल जी के बाद सब अंदर आ गये।

अर्नव अपने पिताजी के द्वारा बताए हुए व्यापार -रहस्य बेमन से सुन रहा था। अग्रवाल जी उसे बता रहे थे कि कैसे गहनों का डिजायन बदलता रहता है। कैसे राजस्थान से सोना लाकर बेचना फायदेमंद है। अर्नव का मन कहीं और था पर ध्यान पिताजी पर ही था। सामने खड़े दो लोगो की आवाज ने उनका संवाद तोड़ा।

"अग्रवाल जी......."

"जी बोलिए........।" अग्रवाल जी ने नजर सामने खड़े लोगो पर डाली। एक तो जाना- पहचाना चेहरा था, पर याद नहीं कौन। दूसरा एक तंदुरुस्त और भारी सा आदमी था। यह तो देखकर ही पता चल गया कि वो गहने खरीदने नहीं आए थे।

"कुछ बात बतानी है........बाहर आएंगे।" उस भारी आदमी ने भारी सी आवाज में कहा।

"आप यहीं बता दीजिए। ये मेरा लड़का है, हर चीज में साथ ही है।" दादरी में किसी अनजान के साथ बाहर जाना उन्हें ठीक नही लगा।

"हाँ, यहीं बताते हैं ना" दूसरे इंसान की बेचैनी ज्यादा थी। भारी आदमी ने उसे घूरा "मैं कर रहा हूँ ना बात"

"ठीक है............मैं छोटे बाजार का थानेदार हूँ औार इन्हें तो आप जानते ही होंगे, लक्ष्मीलाल, साक्षी के पिता"

"साक्षी के पिता??" जगन्नाथ जी का दिमाग तेजी से अपने पुरानें रिश्तों और यादों को टटोलने लगा। लक्ष्मीलाल...... छोटे बाजार, साक्षी का पिता..... साक्षी...। उन्हें ऐसा कोई नाम याद नहीं आया। उन्होनें अनभिज्ञता से पूछा "कौन साक्षी?"

"साक्षी मेरी बेटी....। अरे जिस पर आपका लड़का सज्जन लट् था। जिसने उससे चक्कर चलाया और छोड़ दिया....। अब आपको नाम भी याद नहीं...." लक्ष्मीलाल चीखे।

"तो?? बच्चों ने कैसी दोस्ती की, क्या वादे किये मुझे क्या पता? इस बात को तो चार साल बीत गए। अब सज्जन की अपनी गृहस्थी है, अपना परिवार है।"

"अपना है... पर वो सज्जन नहीं है अग्रवाल जी" दरोगा जी मुस्कुराये, "देखो सेठ जी, ऐसा है, आपका शादी शुदा लड़का, इनकी लड़की को मिलता है, बहलाता-फुसलाता है...... इसकी शिकायत आयी है।"

"हो ही नहीं सकता। ये इनकी झूठी और मनगढंत कहानी है।" अग्रवाल जी चीखे। उनके राम जैसे लड़के पर ऐसा आरोप??

"आज उसे रंगे हाथो पकड़ा है। लक्ष्मीलाल जी के घर से। थाने में पड़ा है आपका लाड़ला। इनके घर में घुसा था, लड़की से मिलने। अब ये मत कह देना कि वो हाल-चाल पूछने गया होगा।" दरोगा जी की मुस्कुराहट ने बातों का वजन और बढ़ा दिया। इतना कि अग्रवाल जी को लगा जैसे वो जमीन में घुस जाएंगे। उनके चेहरे पर आश्चर्य की जगह अपमान और गुस्से की जगह चोट की अनुभूति आ गई।

"उसकी शादी हो गई, फिर भी ऐसे कर्म है। अरे यह संस्कार है जो आपके परिवार में घूम रहे हैं? मेरी बेटी की शादी है दो महीने के बाद, क्या मुँह दिखलाऊँगा मैं? वो तो बच्ची है, सज्जन ने उसे बहकाया है। इस बार जेल में सड़ेगा वो।" लक्ष्मीलाल जी आँखों में आँसू भरकर बद दुआएं देते रहे।

"इतनी भी बच्ची नहीं है वो," दरोगा जी ने लक्ष्मीलाल जी को डाँटा, "चुप रहिए आप मैं बात कर रहा हूँ ना।"

अग्रवाल जी का सिर नीचे झुक गया। उन्हें यह तो पता था कि यदा कदा सज्जन की दुकान पर कपड़े खरीदने के बहाने वही लड़की आती है, जिससे पहले चक्कर था, पर उन्होने ज्यादा ध्यान नहीं दिया। उनका मानना था कि परिवार है, बच्चे है, अपना व्यापार है, कहाँ भटकेगा?

अग्रवाल जी ने अर्नव को धीरे से कहा, “आप घर जाओ। मेरा इंतजार करना, जरुर....।” जरुर शब्द पर जोर था, मतलब जाकर किसी को बताना नहीं। अर्नव के मन में आश्चर्य डर और घृणा, तीनों एक साथ घूम रही थी। घृणा- अपने उस भाई के लिए जो घर में तो बड़ा शांत और आज्ञाकारी बना फिरता है, जो उसे कल रात नैतिकता और व्यव्हारिकता का ज्ञान दे रहा था। घृणा उस पिता के लिए जिन्होनें जबरदस्ती रिश्ते बनवाए और उस पर ज्ञान भी बांटते हैं। वो कुछ पलों के लिए रुका पर फिर उठकर निकल गया। अर्नव के जाते ही अग्रवाल जी ने नौकरों को भी जाने का इशारा कर दिया।

“बताईए आप क्या चाहते हैं लक्ष्मीलाल जी?”

“आपका लड़का पकड़ा गया है आज आप बताईए, क्या किया जाए?” दरोगा जी बीच में बोले।

“देखिए, गलती तो है, मैं हाथ जोड़ कर माफी मांगता हूँ। पर मुझे पता है कि आपलोग मेरी माफी के लिए नहीं आए हैं। इसीलिए मिट्टी डालिए इस बात पर। इसी में आपकी लड़की की और हमारे लड़के की दोनो की भलाई है।”

“बात तो सही कही है आपने” दरोगा जी मुस्कुराए, “इनको गुस्सा है इज्जत का नुकसान है..... पाँच लाख रुपये का जुर्माना यहाँ भर दीजिए तो मामला दब जाएगा।”

“पाँच लाख?”

“हाँ जी! वैसे तो आपकी इज्जत और घर का मान, दस- बीस लाख भी कम ही थे, पर आप भी तो दादरी के पुराने व्यापारी हो.......।”

“और यह भी ध्यान रखिए कि अगली बार मेरी बेटी के इर्द-गिर्द भी नजर आया तो टांगे तोड़ दूँगा।” लक्ष्मीलाल चिल्लाए।

“मारा क्या आपने सज्जन को?” अग्रवाल जी ने दरोगा जी से पूछा।

“नहीं बिल्कुल नहीं। जो सौदा बिना हाथ गंदा हो जाए, जो उसे आप ही समझा पाओ.....। हमें कौन सा शौक है मार-पीट का।”

"तो ठीक है, मैं पाँच लाख दूंगा। पर उसको मारो...ज्यादा नहीं पर मारो जरुर। चेहरे पर ना लगे.....। और इतना धमकाओ कि अगली बार ऐसा करने की हिम्मत भी ना करे।" अग्रवाल जी ने भरी आँखो के साथ कहा।

"समझ गया हुजूर" दरोगा जी मुस्कुराए।

पाँच लाख रुपये और अनमोल भरोसे की कुर्बानी ने अग्रवाल जी की चेहरे से चमक छीन ली। शाम तक वो इस पचड़े का निबटारा करके घर आ गए। सज्जन छूट आया पर अग्रवाल जी न तो उसे मिले, ना ही डांटा। वो चुपचाप आकर घर की छत पर बैठ गए। साथ ही धर्मपत्नी को कहा "एक चाय यहाँ भिजवा देना। मैं यहीं बैठूंगा थोड़ी देर .....। अपने आप ही नीचे आ जाऊँगा।"

उन्होंने कुर्सी खींची और उस पर बैठ गए। पैर सामने की आधी बनी दीवार पर टिका कर। सामने ढलता हुआ सूरज दादरी की परिधि धीरे-धीरे कम कर रहा था। कभी यह गांव था, फिर कस्बा बना। जब दुकान और अग्रवाल जी की पहचान शुरु हुई, यह कस्बा ही था। अब शहर हो गया.....। पहले शाम के सात बजे अंधेरा हो जाता था, अब अंधेरा तो नहीं धुंधलापन होता था। धूल, धुआँ और अंधेरा सबका मिला जुला एक मनहूस धुंधलापन। अग्रवाल जी उसमें शून्य तलाशते रहे। दिमाग में कोई नया विचार नहीं आ रहा था, बस अफसोस था। मानो आज तक जिस खुश हो रहे थे वो नकली चीज निकल आई हो। बस वही घूम रहा था- दरोगा, लक्ष्मीलाल और सज्जन जो सज्जन नहीं रहा। जैसे पंख कट जाने पर चिड़ियाँ असहाय हो जाती है, अग्रवाल जी भी अपने आपको निर्बल महसूस कर रहे थे।

सज्जन धीरे-धीरे चलता हुआ अग्रवाल जी के पास आकर खड़ा हो गया। अर्नव थोड़ा पीछे। अभी तक यह बात घर की महिलाओं तक नहीं पहूँची थी, तभी इतना सन्नाटा था।

"पिताजी...."

"हूँ," अग्रवाल जी ने सिर्फ हामी भरी। अभी भी उनकी नजर सामने सड़क पर ही थी। गाड़ियाँ आ जा रही थी और शाम के अंधेरे में गुम हो रही थी।

"पिताजी, मुझे माफ कर दीजिए......" सज्जन ने भरे गले से कहा।

“मैं कौन होता हूँ तुम्हें माफ करने वाला या सजा देने वाला। तुम बड़े हो, अपनी अलग जिंदगी है, अलग विवेक है, अलग जिम्मेदारियां है........तुम खुद ही माफी या सजा का फैसला कर लेना।”

“पिताजी....”

“बस सज्जन बस। मैं अकेला बैठना चाहता हूँ। जब ऐसे कर्म से पहले पिताजी की याद नहीं आयी तो अब क्यों? तुमने ना सिर्फ मर्यादा तोड़ी है बल्कि मेरा भरोसा भी तोड़ा दिया। दो कौड़ी का आदमी - लक्ष्मीलाल, जिसे कभी मैंने घर धुसने भी नहीं दिया, मुझे परवरिश और संस्कार सिखला कर गया है। तुम्हें माफ क्या करूँ, मैं अपने आपको ही माफ नहीं कर पा रहा। मुझे अकेले बैठने दो। और दो हफ्ते के अंदर -अंदर, अपने और अपने परिवार के लिए अलग घर ढूंढ़ लो। अब तुम लोग इस घर में नहीं रह सकते हो।”

“पर पिताजी”

“हाँ बेटे, अलग रहो। तब जब तुम अपनी बीवी को घर में अकेला छोड़ कर जाओगे और किसी के घर में घुसोगे, अपने घर को भी याद जरुर कर लेना। जाओ।”

“ठीक है। मैं चला जाऊँगा। पर पिताजी यह सिर्फ मेरा दोष नहीं है। साक्षी से मेरा प्रेम था और आपको पता था। आपने भी तो मेरा साथ नहीं दिया ना। जबरदस्ती कहीं और शादी करवा दी....। पिताजी एक ही शहर में हैं हम और इतनी आसानी से कहां रिश्ते छूटते है? फिर भी, मेरी गलती है। मैं मानता हूँ। मेरा अपना घर है, परिवार है, सबका नाम और इज्जत जुड़ी है मेरे नाम के साथ। मुझे ऐसा नहीं करना चाहिए था। मैं भविष्य में ऐसा नहीं करूँगा। आप मुझे माफ कर दिजिए।”

“मैंने तुम्हें माफ किया। और इसका जिक्र भी नहीं करूँगा। अब ठीक है। पर यह घर छोड़ दो। अलग रहो। यदा-कदा मिलने आओ, हम भी आएंगे। तुम अपना नया घर, संभालो। व्यापार है ही, कुछ जरुरत हो तो बताना। इस घर में नहीं रख सकता अब मैं तुम्हें।”

अर्नव भी खिसकता- खिसकता अपने बड़े भाई के नजदीक आकर खड़ा हो गया था। अग्रवाल जी का संदेश साफ था, गलती हुई है तो सजा तो होगी ही।

सज्जन सिर झुकाकर खड़ा था, पर अर्नव के दिमाग में धमाके हो रहे थे। शायद, भैया के प्रकरण से सीख लेकर पिताजी सुधर जाएं और मेरी शादी मेरी पसंद से हो जाए? उसके मन में बहुत दलीले थी- देखा अपनी जिद का परिणाम? कुछ लाख के दहेज के चक्कर में इज्जत और बेटा दोनो गए ना। मेरे बारे में भी विचार बदल दो। क्यों मुझे दूसरा सज्जन बनाना चाहते हो? पर अभी अभी जो पिताजी ने भैया को घर से निकाला था, उस सख्ती ने अनर्व की दलीलों को बाहर नहीं आने दिया। भैया का तो व्यापार है, दो हफ्तों में घर भी ढूंढ़ लेंगें। अर्नव तो अभी पूरे तरीके से आश्रित है। उसने आगे बढ़कर कहा, "पिताजी, नीचे चल लीजिए.....खाना खा लीजिए।"

अग्रवाल जी ने सिर घुमा कर अर्नव को देखा। उसके चेहरे पर सज्जन जैसी कोई निशानी नहीं दिखी। उसकी आँखें निर्दोष दिखी, सज्जन जैसी चालाक और धूर्त नहीं। पहली बार अग्रवाल जी का पुत्र प्रेम सज्जन से हटकर अर्नव के आसपास घूम रहा था।

"तुम जाओ बेटा, मेरा खाना ऊपर ही भिजवा दो। मैं यहीं सोऊंगा आज।""और, ये बात घर में किसी को ना पता चले, समझे ना।" दोनो बेटे नीचे आ गये। अग्रवाल जी फिर से सामने सड़क पर शून्य की तलाश करने लगे। अंधेरा हो चुका था। जो यदा कदा गाड़ियाँ आ रही थी, वो सिर्फ रोशनी से ही पहचानी जा रही थी, आकार से नहीं। उन्होनें मन ही मन कहा, सत्य है, मनुष्य भी अपने आचरण और गुणों से ही प्रेम पात्र होता है, सिर्फ रिश्ते से नहीं।

तेज रोशनी से चारों तरफ चकाचौंध हो रही थी। इतनी रोशनी की दूर तक सिर्फ सफेदी की सफेदी....। पर यह रोशनी आँखों को चुभने वाली नहीं थी... बल्कि शीतल थी। सामने खड़े शख्स ने अग्रवाल जी को पूछा, "तो अब मुझसे क्या चाहते हो?"

"रास्ता......" अग्रवाल जी ने झिझकते हुए कहा। उसकी शख्स पहचान में नही आ रही थी।

"रास्ता?? रास्ता तो वहाँ होता है जहाँ अड़चनें हो। जंगल के बीच की पगडंडी। यहाँ तो खुला मैदान है, हर तरफ खुला रास्ता ही रास्ता है।" वो मुस्कुराया।

"पर किस तरफ से आप सुख- शांति की मंजिल तक पहुँचोगे-वो वाला रास्ता भी तो पता होना चाहिए ना। किसी भी दिशा में चलकर तो पता नहीं कहाँ पहुँचूँगा?"

अग्रवाल जी ने सिर घुमा कर चारों तरफ देखने की कोशिश की, सब तरफ सपाट था, सफेद और समतल।

"तो मंजिल बोलो ना! रास्ता क्यों मांगते हो, अगर मंजिल ही चाहिए।" वो फिर मुस्कुराया।

"हाँ मंजिल.....। अब आप कुछ बताएंगे भी या यूं ही मेरा मजाक उड़ाएंगे?"

"अगर तुम्हें बुरा लगा तो क्षमा कर देना। पर मंजिल तो पता नहीं चल सकती ना जब तक रास्ता ना चुना हो। मतलब, रास्ता चुनोगे, चलोगे, तब तो पहुँचोगे। बिना गुठली बोए, आम खाने की इच्छा गलत है ना। तुम दिशा चुनो और चलना शुरु करो..... रास्ता बन जाएगा। जहाँ थक गए, बैठ जाना, वही मंजिल बन जाएगी। है कि नहीं।"

"क्षमा किजिए, दूसरों को सलाह देना कितना सरल है। मैंने शायद आपसे मदद मांगकर गलती की। आप जाइए, मैं किसी और से पूछ लूंगा।" अग्रवाल जी खीझ कर बोले।

"ठीक है। पर इतना सुनते जाओ कि तुम और तुम्हारा सवाल दोनो ही अव्यवस्थित है। तुम्हें बेटा चाहिए - ऐसा जो सिर्फ बेटा ही हो प्रेमी ना बने। पत्नी चाहिए ऐसी जो सिर्फ पत्नी हो, किसी की माँ न बने.....कमाल है ना। तुम्हें अपनी मंजिल भी चाहिए, रास्ता भी और सबसे सुगम रास्ता भी। तुम्हें जवाब चाहिए पर सलाह या आलोचना नहीं........कहीं तुम अपने आप को धोखा तो नहीं दे रहे। सच से दूर रहकर.......। और कह रह हो कि बेटे ने धोखा दिया।"

अग्रवाल जी का बचा खुचा संयम भी अपनी आलोचना सुनकर चला गया। उन्होनें आगे बढ़कर उस शख्स को धक्का दिया "हटो यहाँ से, कोई और नहीं मिला बकवास करने के लिए.....मूर्ख...."

उसका सफेद लबादा भरभराकर गिर गया। उसके अन्दर कोई नहीं था।

तिरस्कार से अग्रवाल जी ने पैर से लबादा हिला कर देखा। वहाँ कुछ था, इंसान तो नहीं। वो झुककर उस चीज को उठा कर आगे लाऐ। एक दर्पण था.... नीचे लिखा, "कभी अपने अंदर भी झांक लो........"

अग्रवाल जी ने क्रोध से वो दर्पण दूर फेंक दिया। वो चीखे "मुझे जरुरत नहीं किसी की......"

अग्रवाल जी की नींद खुल गयी। अजीब सा सपना टूट गया था। सामान्यतया उन्हें दुकान, घर, दादरी- यही सपने आते थे। कभी-कभी अजीब वाकया भी पर वह सब उनके अपने अनुभव से प्रेरित। यह सपना तो अलग था, जैसे जबरदस्ती घुस आया हो। उन्होने मुंछो पर आया पसीना पोंछा। बगल में उनकी पत्नी सो रही थी.....निश्चिंत। वो उठकर खिड़की के पास आ गए। गली में सिर्फ चांदनी से ही रोशनी थी। दूर से लगा जैसे आवाज आ रही हो......

जगन्नाथ.....कभी अपने अंदर भी झांक लो.... उन्होनें सिर दूसरी तरफ फिरा लिया।

रात का अजीब सपना अग्रवाल जी के दिमाग पर चिपका हुआ था। उन्होनें सपने को सपना कह कर हटाने की काफी कोशिश की, पर जेहन साफ न हो सका। दुकान पर हर कर्मचारी के चेहरे पर सन्नाटा था। सबके मन में था कि कल कुछ तो हुआ था, पर पूछेगा कौन? अग्रवाल जी भी गहनों को उलट-पलट कर उसकी बारीकियाँ देखने की असफल कोशिश करते रहे। पर जब मन नहीं लगा, तो बही-खाता खोल लिया। वो भी सपने की छाप से उन्हें मुक्त नहीं कर सका। उन्होनें बही खाता किनारे रखा और सबसे नीचे की दराज से गीता निकाल ली। आज काम कम भी था और मन भी अच्छा नहीं था। इसी को पढ़कर देख लें। पेज पलटने लगे, आँखें किसी शब्द विशेष पर टिक नहीं रही थी।

"कैसे हो मित्र?" आवाज ने उनकी तन्द्रा तोड़ दी। सिर उठाकर देखा तो सफेद कपडों में बड़ी- बड़ी दाढ़ी मूँछों वाला एक इंसान खड़ा था। इस बार पहचानने में क्षण भी नहीं लगा।

"रामचरण!!" अग्रवाल जी झटके से खड़े हो गए। उनके चेहरे पर खुशी और संतोष आ गया। वैसे तो उन्होनें रामचरण को याद नहीं किया, फिर भी विगत दिनों की समस्या के दौरान उन्हें सहायता की जरुरत थी। ऐसा लगा जैसे सहायता आ गई हो उनका मित्र......रामचरण।

"कैसे हो? जिस रफ्तार से गीता के पेज पलट रहे थे, लगता नहीं कि पढ़ पाए।"

"मैंने तो कहा ही था, मुझे इसकी जरुरत नहीं है। वो तो सालों से रखी थी और आज खाली था, सोचा पलट लूँ। और किस्मत देखो, तुम्हारी दी हुई किताब छूई, तुम्हारे दर्शन भी हो गए। बैठो तो सही।"

"हाँ पर मुझो ऐसा लगा कि तुम शायद मुझे ढूंढ रहे हो.... सपना सा आया। इसलिए मैं इधर चला आया। सब ठीक तो है?"

अग्रवाल जी ने सामान्य दिखने की भरकस कोशिश की थी। रामचरण जी का यह सवाल उनके अन्दर के दुखों को फिर से खुरच गया। हल्की मुस्कुराहट के साथ उन्होने अपने मित्र का हाथ पकड़ लिया, "आप बैठो तो! मुझे भी ऐसा लगा कि सपने में तम्हें देखा हो। शक्ल का पता नहीं, पर शायद तुम ही थे। कमाल है।"

"अच्छा............ सच में?"

अग्रवाल जी अपने मित्र से सारी बातें करना चाहते थे। अपनी मेहनत, अपने समझदार और व्यावहारिक फैसले, सज्जन की करतूत, अर्नव की हरकत, बीवी का व्यवहार- सब.......। उन्होंने इधर-उधर देखा। दुकान में ग्राहक तो नहीं थे पर चारों कर्मचारी थे। यहाँ परिवार की शिकायत उचित नहीं।

"रामचरण, आप मेरे घर चल लो। वहाँ बैठकर बातें करेंगे।"

रामचरण जी की आँखें बहुत गहरी थी। वो अग्रवाल जी के चेहरे पर जमी रही। वो खड़े हो गये। "मित्र, मेरे साथ चलो। थोड़ी ही दूर पर आश्रम है, जहाँ मैं रुका हुआ हूँ। वहाँ तक के रास्ते में और फिर आश्रम में बातें करना ज्यादा आसान होगा।

अग्रवाल जी आज बहुत कुछ बताना चाहते थे, ये सुझाव अच्छा था। वो उठकर चल पड़े। गीता निचले दराज में रख दी और कर्मचारियों को निर्देश दे दिया।

"तुम यहाँ, आश्रम में कब से हो? पहले क्यों नहीं आए?"

"कल शाम ही आश्रम में आया हूँ। कल सुबह निकल जाऊँगा। यहाँ कोई सत्संग और पुराण-पाठ है। उसमें आया था। तुम चलकर देखो, शायद अच्छा लगे।"

"अभी तो चलता हूँ। तुम्हारा साथ मिल रहा है, वरना तुम तो जानते ही हो मेरी श्रद्धा और भक्ति कितनी है इनमें। मेरा तो मंदिर और तीर्थ सब यह दुकान ही है। चलो..।"

w

अग्रवाल जी अपनी जिन्दगी की दास्तान सुनाते रहे और रामचरण जी मुस्कुरा कर सुनते रहे। रास्ते भर बातें चली। कैसे उन्होनें सज्जन की जिन्दगी व्यवस्थित की, कैसे उसका अपना रोजगार शुरु करवाया। कैसे अर्नव भी गलती करने के कगार पर था, उन्होनें अपने मजबूत इरादों की वजह से उसे बचाया। फिर बुरा अध्याय शुरु हुआ। सज्जन ने कैसे धोखा दिया। अर्नव ने सज्जन से क्या कहा और कैसे उनकी अर्द्धांगिनी बच्चों को गलत प्रोत्साहन दे रही है। दोनो अब आश्रम में बैठे थे।

अग्रवाल जी भी इतना कुछ बता कर हल्का महसूस कर रहे थे।

आश्रम की घास हरी थी। चारों तरफ पेड़-पौधे। दादरी की सीमा पर बना यह आश्रम दादरी की कोलाहल से बिल्कुल विपरीत था। हवा में शुद्धता थी। दूर से चिड़ियों की आवाजें आ रही थी। धूप अच्छी खासी थी, पर पेड़ की छाँव में गर्मी का पता नहीं चल रहा था।

"तो...?" अग्रवाल जी ने चुप बैठे रामचरण जी से पुछा।

"तो क्या? अच्छा लगा सुनकर। अच्छा है, गृहस्थ जीवन के अपने रुप -रंग है। काफी व्यस्थता है।"

"अरे.............पर कुछ तो कहो। मैं ठीक हूँ या गलत? कहीं गलती हो रही है?"

"भाई जगन्नाथ, देखो मैं गृहस्थ हूँ ही नही, तुम्हें क्या बताऊँ? फिर जो तुम बता रहे हो वो घटनाएं है। सवाल क्या है साफ -साफ पूछो।"

अग्रवाल जी हतप्रभ अपने सामने खड़े रामचरण को देखते रहे। इसकी बातें बिल्कुल ही उसी शख्स जैसी लगी जो सपनें में रास्ता बनाने की जगह प्रवचन दे गया। दोस्त से मिलने की खुशी अचानक ही कम हो गयी।

"मुझे क्या करना चाहिए था, सज्जन के साथ? सीधा सवाल" अग्रवाल जी ने शांत शब्दों में पूछा।

"कितने पीछे से बताऊँ?" वो मुस्कुरा उठा।

"मतलब?"

"उसे शादी से पहले मौका देना चाहिए था, शायद। आपको उससे उस समय के लिए माफी मांगनी चाहिए थी शायद। उसकी पत्नी से भी बात करनी चाहिए और उसे भी फैसले में जगह देनी चाहिए -शायद। प्रथम दृष्य तो यही सलाह लगता है।"

अग्रवाल जी खीझ उठे "और तुम्हें लगता है कि इससे जो आग लगी है वो बुझ जाएगी इससे वो कलंक का दाग छुप जाएगा?"

"नहीं, पर इससे यह आग है ये बात सबको पता लग जाएगी। इससे कहाँ चादर सफेद है, कहाँ काली - यह सबको पता लग जाएगा।"

"और उससे फायदा?"

"सत्य का फायदा? सच जान लेना खुद ही एक फायदा है। और उसी तरह माफ कर देना, सहारा देना, साथ देना- ये सब खुद ही फायदा है।"

"हाँ ताकि उसका घर टूट जाए और वो भी तुम्हारी तरह निकल पड़े -ऊपर।" अग्रवाल जी को अब तक यकीन हो चुका था कि रामचरण जी से हो रही बातें सिर्फ समय की बर्बादी है।

"तुम्हें पता है -जिस रफ्तार से तुम काम कर रहे हो, सत्तर की उम्र तक कई लाख जोड़ लोगे।"

"हाँ........मेरा अपना लक्ष्य चार-पाँच करोड़ है। मैं दादरी की सबसे बड़ी दुकान बनाना चाहता हूँ।" ये बातें फिर भी अग्रवाल जी के मतलब की थी।

"और फिर......"

"फिर क्या?"

"फिर तुम मर जाओगे, पूरे पाँच करोड़ छोड़ कर...........।"

"तो मरना तो सबको ही है। इससे क्या डरना?"

“फिर अगला जन्म.........उसमें अगर भिखारी के घर पैदा हो गए तो? इसी दुकान को देखकर जलोगे?” रामचरण मुस्कुरा उठे।

“वो किसने देखा? कल का कल देखेंगे। किसी को भी नहीं पता अगला जन्म क्या होगा। पर इस जन्म में कर्म तो करना ही है ना। अब खुद को देखो, इस जन्म में साधु हो, खूब पूजा करो। अगले जन्म कसाई बनोगे.....हा हा हा।”

“मैं अगला जन्म देख सकता हूँ। अगर तुम्हें पता चल जाए कि अगले जन्म तुम किस घर में पैदा होगे तो क्या तुम अभी उसमें पैसे नहीं लगाना चाहोगे?”

अग्रवाल जी चुप हो गए। एक तो रामचरण ने सपने में भी ऐसी ही उल्टी-पुल्टी बातें की थी....हो सकता है वो सिद्ध हो गया हो। क्या सच में अगला जन्म भिखारी का होगा?

“सच कहो, क्या तुम जानना नहीं चाहोगे? क्या तुम्हें भय नहीं होगा?”

अग्रवाल जी ने हाँ में सिर हिलाया। “पर तुम मेरी समस्या कम करने की जगह मेरी उलझन बढ़ा रहे हो।”

“मेरी एक सलाह मान लेना। मुझे तुम्हारी चिंता है, बहुत ज्यादा। तुम एक बार केदारनाथ जाओ। वहाँ दस -बीस मिनट बैठो.......। बातें करो भोले से..... तुम्हें पता चलेगा कि ज्यादातर समस्याएं खुद ही खत्म हो गयीं। सपने भी अच्छे आने लगेंगे।”

अग्रवाल जी ने गौर से रामचरण जी को देखा। उसके चेहरे पर शांति थी, चमक थी। संदेश था- साफ कि ये सच बोल रहा है। ये इंसान सपने में भी घुस सकता है। वो प्रतिवाद नहीं कर सके।

“आपको लगता है कि मंदिर जाकर मेरा भला होगा।”

“सौ प्रतिशत..........। केदारनाथ............इस बार जाओ......। पर एक भक्त की तरह जाना, व्यापारी की तरह नहीं। साफ मन, सादे कपड़े और उम्मीद के साथ। तुम्हारी सारी समस्याएं कट जाएगी।”

“मेरा यकीन तो नहीं है पर आप इतना कह रहे हो तो इस बार आपकी बात मान लेता हूँ।”

अग्रवाल जी ने शांति से जवाब दिया। “अब आप घर आओ........”

"इस बार नहीं...........कल निकलता है। अच्छा होता तुम भी साथ चल लेते.........। अगली बार घर आऊँगा।"

"नहीं नहीं..........मैं बाद में आऊँगा......अभी काम है। मेरी नजर में मेरा काम ही पूजा है। अगले महीने आऊँगा.......पक्का।"

"अच्छा........"

w

रात सपने ने डराया और सुबह -सुबह रामचरण जी ने। दुकान पर ग्राहक भी कम थे। देर शाम थके हुए अग्रवाल जी अपने घर आए तो सबके चेहरे पर सवाल था। कुछ चेहरे पूछना चाह रहे थे कि अब आगे क्या? कुछ चेहरे पूछ रहे थे कि हमें भी बताओ बात क्या है? पर आज का दिन अजीब और थकान वाला था। अग्रवाल जी बिना किसी पर नजर टिकाए छत की तरफ बढ़ गए "मैं ऊपर बैठ रहा हूँ, तबियत थोड़ी ठीक नहीं है। पानी भिजवा देना।"

"मैं आती हूँ।" उनकी पत्नी ने आवाज दी। पानी के बहाने वो अकेले में बात भी कर पाएगी।

छत पर एक खटिया सदा के लिए रखी हुई थी। साथ में दो कुर्सी भी। अग्रवाल जी को छत पर बैठकर दादरी की सड़के देखना अच्छा लगता था। आज शहर या सड़क देखने की इच्छा तो नहीं थी, पर छत पर बैठना था।

"क्या हुआ आपकी तबीयत को?" पानी देते हुए पत्नी ने पूछा।

"कुछ खास नहीं। उम्र की थकान है। बस।"

"आप अपने ऊपर बहुत जिम्मेदारियाँ लेते हो, शायद इसीलिए तनाव हो गया होगा।"

पत्नी ने बोलकर उनकी ओर देखा। जब चेहरे पर क्रोध का भाव नहीं दिखा तो बात आगे बढ़ी। "कुछ तो घर में हो रहा है.......जो आप अकेले ही झेल रहे हो। मैं आपकी पत्नी हूँ। व्यापार या कारोबार का ज्ञान नहीं है मुझे पर गृहस्थी तो मेरा क्षेत्र है ही। आप मुझे बताइए- वो क्या है जो आपको परेशान कर रहा है।"

"तुम्हें क्यों लगता है कि मैं परेशान हूँ" अग्रवाल जी मुस्कुराए। पर यह मुस्कुराहट क्षणिक थी। तनाव था पर अपनी पत्नी पर भरोसा तो नहीं था। वो मदद करने नहीं, राज उगलवाने आई थी।

"इतना तो हम सबको पता चल ही जाता है। पत्नी ने अपने आप को खाट के कोने में जगह दी। "अर्नव पर आपका फैसला था-ठीक ही होगा पर फिर सज्जन को आपने नया घर ढूँढने को कह दिया। क्यों? वो तो ठीक ही चल रहा था। क्या बात हो गयी?"

"बस मैं चाहता हूँ कि वो अपनी अलग पहचान बनाए। आजाद रहे......और हमें भी थोड़ा खुलापन मिले। कब तक उसे पालते रहेंगे। अब अपना परिवार है, अपना कारोबार है तो अपनी अलग जिम्मेदारी भी संभाले। बस यही सोचा। कुछ सालों में अर्नव को भी अलग करूँगा।"

"पर आप तो हमेशा कहते थे कि बच्चे बुढ़ापे का सहारा है। अलग कर के कैसे सहारा मिलेगा? आप मुझसे कुछ छुपा रहे है। क्या पैसे का हेरफेर किया उसने?,"

"नहीं........। उसका अपना अलग धंधा है। मैं उसमें ताक-झांक नहीं करता। और अब ये पुलिस वालों की तरह तहकीकात मत करो। मुझे आराम करने दो।"

"ठीक है। आप बात नहीं करना चाहते ना सही। पर घरवालों में कभी कभी बात करनी चाहिए। उनकी भी सुननी चाहिए। अर्नव खुश नहीं है......."

"ना रहे.........मैं बाप हूँ उसका, सर्कस का जोकर नहीं जो उसे खुश रखने के लिए उल्टी-पुल्टी हरकतें करूँ" अग्रवाल जी ने जोर से कहा।

"और बिटिया भी.......वो अभी पढ़ना चाहती है।" आज माँ के पास हर औलाद की फरियाद थी।

अग्रवाल जी ने सिर उठाकर अपनी पत्नी को घूरा। "शादी के बाद पढ़ ले जितना पढ़ना है। अब अभी बी.ए. हो गया और क्या वैज्ञानिक बनेगी।"

"ये आप खुद समझाते तो अच्छा होता।"

"ठीक है, अब मेरा दिमाग मत चाटो। एक घंटे बाद नीचे बात करूँगा मैं सबसे। सबको कहना खाने पर बताएं अपनी अपनी समस्याएं। अब जाओ......। और तुम भी अपनी समस्याएं लिख के रखना।"

w

अग्रवाल जी का दरबारे-आम अच्छा नहीं रहा। जब घर के मालिक ने अपने सभी बेजुबान बच्चों को कहा कि बताओ शिकायत क्या है। हर कोई बोला। अर्नव भी, जिसे पिछले कुछ दिनों से अग्रवाल जी ने काफी समझाया और काफी लालच भी दिया था। सज्जन, जिसे तो उनका अहसानमंद होना चाहिए था, वो भी सुझाव दे रहा था। बेटी ने भी बगावत के सुर बोले। बहू की शिकायत नहीं थी, वो चुपचाप कोने में खड़ी थी, अपने बच्चे के साथ। अग्रवाल जी के दिमाग में पहले गुस्सा आया फिर अफसोस, फिर दुख और फिर नफरत.....हर भावना आती जाती रही। जब सब शांत हो गए तो वो बहू की तरफ मुड़े "बहू, तूम्हें भी कोई शिकायत है तो कह दो.....बोलो।"

"जी नहीं।" बहू ने शांति से जवाब दिया।

"क्या तुम्हें गुस्सा नहीं है कि मैंने तुम्हारे परिवार को अलग रहने के लिए कहा हैं? क्या तुम्हें मन नहीं करता कि पूछूँ?"

"पिताजी, ये आप और इनके बीच की बात है। कुछ सोच कर ही कहा होगा। मैं क्या बोलूं। जो पति का घर होगा, वहाँ रह लूंगी। फिर शहर छोटा है, मिलना जुलना तो होगा ही।"

"हूँ" अग्रवाल जी ने उसके पास खडे अपने पोतों की तरफ देखा, "बच्चों तुम्हें कोई शिकायत है दादा जी से? कुछ चाहिए तुम्हें? "

"दादा जी कहीं घुमा कर लाईए ना, दूर ......पिकनिक पर।" पोते ने हंसते हुए कहा। सज्ज्न और बाकि सब उसे घूरने लगे। जब इतनी गंभीर बातें हो रही हो तो बच्चों को दूर रखना चाहिए। सबको अपनी तरफ घूरता देखकर पोते ने अपनी माँ के पीछे शरण ले ली।

"ठीक है। तुम सबने अपनी-अपनी बातें बता दी। अब जाकर सो जाओ। एक दो दिनों में बात करता हूँ। ठीक.......। तब तक जो जैसे चल रहा है चलने दो। खुश........चलो अब जाओ।"

सब अपने अपने कमरों की तरफ चल पड़े। अग्रवाल जी की पत्नी थोड़ी देर पास खड़ी रही पर जब कोई बात शुरु नहीं हुई तो वो भी कमरे में चली गयी। अग्रवाल जी अकेले बैठे थे। उनके मन में संघर्ष चल रहा था। कोई भी खुश नहीं, ना घर में कोई, ना वो खुद.....। इससे ज्यादा सही तो रामचरण ही है। वो भी खुश है और पीछे घर है ही नहीं। हालाँकि उसकी खुशी, खुशी नहीं, पागलपन है जो बाबाओं को हो जाता है, पर ठीक ही तो है। आखिर में खुशी एक अनुभव ही है, अब चाहे वो सोना देखकर हो या गोबर। अग्रवाल जी के दिमाग ने पन्ना पलटा। कितने अहसान फरामोश होते हैं लोग। ये बच्चे, बचपन में खिलौने चाहिए थे, दिए। फिर पैसा दिया, फिर व्यापार दिया, फिर भी खुश नहीं। अब नया फितूर किसी को पढ़ना है तो किसी को आशिकी...........। अरे अब तुम्हें बाकि चीजें याद नहीं...........। अहसान फरामोश। पर शायद सारे इंसान ऐसे ही हैं। बीवी भी ऐसी ही। पोते अभी छोटे हैं पर हैं तो इंसान ही......यह भी बड़े होकर वही सब करेंगे, जो अभी हो रहा है। उफ्फ........बेवकूफ दुनिया।

पर कब तक सिर फोड़े कोई। मैंने जो करना है वो करना ही है, ये साथ आना चाहे तो अच्छा नहीं तो भाड़ में जाएं। अग्रवाल जी सबको कोसते हुए कमरे में आ गए। उनकी पत्नी लेटी हुई थी। वो बोल उठी, "आइये। यहीं बैठिए ना। बातें करते हैं।"

"सो जाओ। मैं बहुत थक चुका हूँ।" अग्रवाल जी ने लेटते हुए चादर ऊपर तक खींच ली।

"हम लोग परसों घूमने जा रहे हैं।"

अग्रवाल जी ने सुबह नाश्ते के वक्त घोषणा कर दी। रात सपनें में फिर डरावना साया आया, रामचरण जैसा ही। खूब जिरह हुई फिर बाद में उसने कहा कि चलो, आ जाओ केदारनाथ.......। कुछ समस्याएं घर से निकलते ही खत्म हो जाएगी, बाकि वहाँ पहुँचते ही।

"वाह! हम कहाँ जा रहे है?" बेटी ने खुश होकर पूछा

"केदारनाथ जाने की सोच रहा हूँ। सुना है अच्छी जगह है। तीर्थ भी हो जायेगा और घूमना भी।"

"केदारनाथ?? मंदिर में?? पिताजी.....वहाँ बड़ी चढ़ाई है, सब लोग नहीं जा पाएंगें।"

सज्जन ने चेतावनी दी।

"चल लेंगे.....। लोग तो जाते ही हैं। मेरा तो बड़ा मन है। पिताजी" अर्नव ने कहा "आपका मन है तो जरुर चलेंगे।"

"अरे नहीं मेरे भाई।" सज्जन ने टोका, बच्चे कहाँ चल पाएंगे पैदल.......बीस-एक किलोमीटर चलना पड़ता है। सब चलते हैं, बच्चे और बाकि मसूरी निकल जाएंगे, हम तीनों वहाँ चल लेंगे।

"सज्जन" अग्रवाल जी बोले, "तुम भी अपने परिवार के साथ रुको। अरे मेरा अकेले वहाँ जाने का मन है, मैं देख आऊंगा। तुम सब मसूरी में मिल जाना। और अर्नव तुम भी यहीं रुकना।"

"पिताजी मैं आपके साथ चलता हूँ ना। रास्ते के देखभाल के लिए........।"

"नहीं, नहीं" अग्रवाल जी के दिमाग में रामचरण की बातें गूंज उठी कि भक्त की तरह जाना है।...." मैं कर लूंगा। वहाँ लोग होते तो हैं ही।

"पर आप अकेले.......?" पत्नी भी कुछ पूछना चाहती थी। पर अग्रवाल जी ने बीच में ही बातें काट दी।

"अरे अपनी अपनी पसंद से घूमो ना। मेरी पसंद जरुरी नहीं कि हर किसी को उचित लगे। है कि नहीं। इसीलिए आप लोग मसूरी घूमो, मैं केदारनाथ चक्कर लगा कर आऊंगा। और मैं छोटा बच्चा नहीं हूँ जो मुझे अंगुली पकड़कर चलना पड़े।"

घर के सारे लोग मसूरी जाने के विचार से खुश हो गए। साथ में अग्रवाल जी का ना होना तो दुहरी खुशी।

जून की गर्मी में पहाड़ों पर जाने का विचार अच्छा था। घर में हलचल थी, अलग सी। पहली बार अग्रवाल जी ने इस तरह का सुझाव दिया था। पहले भी बाहर घूमने गए, पर कभी द्वारका, कभी मथुरा......। इस बार परिवार मसूरी जा रहा था। योजना के मुताबिक दादरी से कार करके देहरादून तक जाना था। वहाँ से एक टूर एंड ट्रेवल्स के साथ अग्रवाल जी केदारनाथ को निकल जाएंगे और बाकि परिवार मसूरी की तरफ। केदारनाथ तक का सारा इंतजाम पैकेज में था, हेलिकाप्टर यात्रा भी। देहरादून में सज्जन सारे कागजात अग्रवाल जी को दे रहा था।

"पिताजी ये टूर ट्रेवल वाले का कागज है, इसमें सब लिखा है, कहाँ रहना, कहाँ मिलना, कितने दिन का है और क्या क्या साथ में है।" सज्जन पिछले कुछ दिनों में हुई घटनाओं के बाद नजर नहीं मिला पा रहा था। "फिर मोबाइल भी है और छोटी डायरी में सबका नम्बर भी। यहाँ से सुबह निकलेंगे, फिर एक रात को रुद्रप्रयाग में रुकना है। रुकने का इंतजाम भी पैकेज में ही है। अगले दिन हेलिकाप्टर से ऊपर फिर दर्शन करके वापिस। आज बारह जून है आप सोलह को आ जाएंगे, हम आपको यहीं मिल जाएंगे।"

अग्रवाल जी बेमन से उसकी बातें सुनते रहे। जिस तरह स्कूल के आखिरी कक्षा में बच्चे का ध्यान सिर्फ घर की ओर होता है, जिस तरह पिंजरे में बंद चिड़ियाँ का ध्यान आसमान की तरफ होता है और जिस तरह अनजान लोगों में घिरकर बच्चा अपने माता पिता को तलाशता है, उसी अधीरता से अग्रवाल जी का मन केदारनाथ पहुँचने को मचल रहा था। सज्जन के बनाए निर्देश, अनकही बातें और माफीनामा, सब मन को छू नहीं पाए। हर बीतते पल के साथ उनका यकीन बढ़ रहा था कि शायद रामचरण ने सच कहा था। वहाँ पहुँच कर मेरी मुश्किलें ठीक हो जाएंगी। वो सिर्फ हूँ कह कर चुप हो गए।

"पिताजी, वैसे तो सारे पैसे दिए हुए है। फिर भी आप अकेले है और है तो यह भी सफर ही, मैने बीस हजार रुपये टिफिन डब्बे में डालकर रख दिया है। बाकि हमलोग यहीं है। अगर कुछ भी दिक्कत हो तो फोन कर दिजिएगा, मैं आ जाऊँगा।"

"नहीं, कोई दिक्कत नहीं होगी।" अग्रवाल जी ने बिना नजर मिलाए कहा। वो दिक्कतों से परेशान होकर ही तो जा रहे थे। "तुम लोग आराम से रहो। मैं देख लूंगा।"

"ठीक है पिताजी।" सज्जन ने अपने कदम पीछे किए, फिर ठिठक गया, "और मुझे माफ कर दीजिएगा...........अगर हो सके तो।"

अग्रवाल जी ने सिर उठाकर सज्जन को देखा। उसके चेहरे पर ग्लानि भाव था। उन्हे लगा कि शायद बेटा सुधर चुका है। शायद दिक्कतों का समाधान शुरु हो चुका है। उन्हें अच्छा लगा। तो आगे बढ़कर सज्जन के कंधे पर थपथपाकर बोले, "जिस तरह सीखने की कोई उम्र नहीं होती, उसी तरह सुधरने की भी कोई उम्र नहीं होती।" अच्छा है अगर तुम्हें इस चीज का अहसास हो गया। वापिस आकर बात करेंगे।

सज्जन मुड़कर चला गया। सड़क पर गाड़ी खड़ी थी जिसमें सारे घरवाले इंतजार कर रहे थे। अग्रवाल जी सामने टूर और ट्रेवल्स के ऑफिस में घुस गये।

जो जत्था केदारनाथ जाने वाला था, उसमें बीस लोग थे। एक बड़ी गाड़ी आज रात ही निकल पड़ी और पहला पड़ाव ऋषिकेश होना था। जत्थे में अधिकतर प्रौढ़ और बुजुर्ग थे। उन सबकी इच्छा थी कि सुबह -सुबह गंगा नदी में नहा कर यात्रा शुरु की जाए। जत्थे के साथ अग्रवाल जी भी ऋषिकेश पहुँच चुके थे। गंगा नदी के किनारे एक धर्मशाला के कमरों में रात काटने का इंतजाम था। रात के दस बजे अग्रवाल जी अपने छोटे से कमरे की खिड़की पर खड़े थे। सामने गंगा का पानी। यह इलाका रामझूला और लक्ष्मण झूला के बीच की जगह थी। धीरे -धीरे लोगों कर संख्या कम होती जा रही थी। सिर बढ़ाकर दाहिने ओर नजर डालने पर लक्ष्मण झूला दिखता था। उस पर रोशनी की लड़ियाँ लगी थी जो पानी में खूबसूरत प्रतिबिम्ब डाल रही थी। गंगा का पानी एक अलग सी आवाज के साथ बह रहा था, लगातार। वहाँ के घाटों से बिना टकराए। कोई भी आवाज पानी के टक्कर की नहीं थी, सिर्फ संगीत था। लक्ष्मण-झूला एक पुल था, पतला सा, जो मोटे-मोटे तारों से बंधा पूरी नदी की चौड़ाई नाप रहा था। एक कोने पर कुछ लोग भजन गा रहे थे। बाकि पूरा पुल खाली था। गंगा के पानी को छूकर हवा आ रही थी जो साथ में नमी, ठंड़क और अजीब सा संगीत भी ला रही थी। बाहर से तभी आवाज आयी "किसी को चलना है क्या घाट पर? मैं जा रहा हूँ, किसी को चलना हो तो आ जाओ।" बाहर एक बुजुर्ग आवाज लगा रहे थे। उनकी उम्र पैंसठ के आसपास होगी....अग्रवाल जी के लगभग हमउम्र। अग्रवाल जी को वैसे भी नींद नहीं आ रही थी, वो नीचे उतर आए।

"नमस्ते, मैं जगन्नाथ अग्रवाल हूँ, आप भी केदारनाथ जा रहे हैं ना।"

"हाँ जी, नमस्ते," उस इंसान ने अपना हाथ आगे बढ़ाया, "मैं शिवानंद मिश्रा हूँ। झारखंड़ से। अब देखिये ना, हम गंगा मैया के इतने नजदीक खड़े हैं, फिर भी कोई जाने को उत्सुक ही नहीं।"

"आप झारखंड़ से यहाँ............?"

"बस जी, जिंदगी के हिसाबों का निबटारा करते करते उम्र निकल गई। अरे हर साल सोचता रहा कि चारधाम देख लूँ, गंगा नहा लूँ, मौका ही नहीं लगा।"

शिवानंद जी और अग्रवाल जी धर्मशाला से बाहर चल पड़े।

"फिर अब कैसे मौका निकाल लिया आपने" अग्रवाल जी ने हँसते हुए पूछा।

"अरे बंधु, ये भी एक कहानी है, आपका दिमाग चट जाएगा।"

"कोई बात नहीं, आप बता सकते हैं....वैसे भी रास्ता लंबा है और रात भी।"

"हाँ...।" शिवानंद जी शुरु हो गए। "मेरी धर्मपत्नी बड़ी धार्मिक थी। वो बेचारी सुबह उठने से रात सोने तक पता नहीं कितनी बार पूजा पाठ कर लेती। उसने मुझसे रोज एक ही जिद लगा रखी थी, आप भी पूजा-पाठ कर लो......... चलो तीर्थ चलें। पर मैं ठहरा स्कूल का मास्टर। ना तो वेतन इतना, ना ही छुटटी। और सच कहूँ तो चाहत भी नहीं थी। मैं टालता रहता था। फिर वो एक दिन बीमार पड़ गयी। मैं उसको ले लेकर हर जगह धक्के खाता रहा। रांची, पटना, दिल्ली....। वो कहती रही कि बद्रीनाथ चल लो, मैं मुम्बई ले गया......वो कहती रही गंगा स्नान करवा दो, मैं उसे दवाईयाँ पिलाता रहा.........."

"फिर......" अग्रवाल जी ने धीरे से पूछा।

"फिर क्या? वो मर गयी। हमने उसके इलाज पर पाँच लाख रुपये भी लगाए, पर क्या हुआ? हमें वो नहीं मिली, उसे तो न तो खुशी मिली, ना जिंदगी। जगन्नाथ भाई, पूरे तीन महीने तक मुझे सपने में वो ही दिखती रही, कहती हुई-गंगा स्नान करवा दो, तीर्थ करवा दो। आपको पता है, उसने कभी नहीं कहा कि मुझे ठीक करवा दो। उसको पता था कि वो ठीक नहीं हो सकती। पर जो हो सकता था वो मैंने किया नहीं।" शिवानन्द जी की आवाज में अपनी पत्नी को खोने का खालीपन था।

"बुरा हुआ, पर भाई आपने अपनी भरसक कोशिश तो की। अब आप यहाँ?? मतलब उनके बदले......."

"अरे नहीं। वो तो गयी। पर मैंने सोचा कि शायद वो सच ही कह रही हो। अरे मरते समय ऐसे अरमान बच ना जाएं। कल दिन मैं खांसी-मलेरिया वगैर से वहीं मर गया तो?? इस बार सब करना है, गंगा स्नान भी, केदारनाथ में पूजा भी.... सब। यहाँ आकर लगा कि सही सोचा मैंने.....।"

अग्रवाल जी मुस्कुरा उठे। आध्यात्म पर उनकी ज्यादा श्रद्धा थी नहीं, पर उनके दिमाग ने कहा कि जब तक ऐसे तर्कशास्त्री लोग हैं, ये कारवां चलता रहेगा। वो दोनो भी चलते-चलते लक्ष्मण झूला तक आ गए थे। वहाँ पाँच लोग बैठकर भजन कर रहे थे। नजदीक से देखकर पता लगा कि वो विदेशी लोग थे। अग्रवाल जी ने धीरे से शिवानंद जी को कहा, "भाई, ये नषेड़ी होते है, चलें।"

"आइये.......आपका भी स्वागत है" उस झुंड से एक अंग्रेज महिला ने टूटी-फूटी हिंदी में कहा, "गंगा -माँ का भजन है..........आइये।"

अग्रवाल जी और शिवानंद जी भी वहाँ बैठ गए। उस झुंड में तीन लोग गा रहे थे, बाकि दो झूम रहे थे, बैठे-बैठे। जब शब्द समझ ना आए, पर भावना मिलती हो, तो झूमने में क्या हर्ज। एक के हाथ में तो रुद्राक्ष की माला भी थी। वो तो झूम भी रहा था और माला भी जप रहा था। अग्रवाल जी को तभी बगल में भी हलचल महसूस हुई। शिवानंद मिश्रा जी भी उसी टूटी-फूटी हिंदी में हो रहे भजन पर हिलना शुरु हो गए थे।

"ये भी सही नमूना है।" अग्रवाल जी ने मन ही मन में कहा।

अग्रवाल जी को सफर और अगले तीन चार दिनों के नए-नए साथी मिलते रहे। शिवानंद मिश्रा की तरह और भी लोग मिले, मिसेज मंजू, जो अपने लड़के सूरज के साथ आयी थी। विश्वनाथ पांडे जी जो अपनी पत्नी के साथ आए थे। एक नवविवाहित जोड़ा भी था, पर उससे ज्यादा पहचान नहीं हो पाई। हर कोई उसे इसी नजर से देखता जैसे कि पूछ रहा हो तुम यहाँ कैसे, धार्मिक जगह पर भी मौज-मस्ती करने पहुँच जाते हैं, आजकल के बेशर्म युवा- ऐसा अग्रवाल जी के मन में कई बार गूंजा, पर जबान पर नहीं आ पाया। सुबह-सुबह पूरा झुंड गंगा नदी के किनारे डुबकियाँ ले रहा था। यहाँ पानी कम था, पर कोई नहाने की जगह नहीं। पत्थर थे और गड़े हुए लोहे के खंबे। लोगों ने उससे रस्सी बांध रखी थी। रस्सी पकड़ कर ही पानी में जाना था। वह भी ज्यादा नहीं, दो तीन कदम। आगे की गहराई का अंदाजा किसी को भी नहीं था। नव दम्पति थोड़ी दूर पर बने खंबे के सहारे से गंगा स्नान ले रहे थे। पानी ठंडा था और पत्नी अपने पति पर छींटे भी फेंक रही थी। अग्रवाल जी इधर वाले खंबे के पास खड़े शिवानंद जी के बाहर आने का इंतजार कर रहे थे। इधर शिवानंद जी की तसल्ली और उधर दम्पति की बेतकल्लुफी उनकी परेशानी और चिड़चिड़ापन बढ़ा रही थी।

"शिवानंद जी, अब बाहर भी आ जाईए। अंदर ही रहना है क्या?"

"आया बंधू आया। वाह क्या शीतल जल है। ऐसा लगता है जैसे मैं जला हुआ कोयला हूँ और ठंड़े पानी में मेरी राख धुल रही है मुझसे गंदगी दूर हो रही है।

शिवानंद जी खुशी से आँखें बंद करके अपने वर्णन को अनुभव करने की कोशिश करने लगे।

"तो धुल गयी ना राख, अब और गंगा को प्रदूषित नहीं कीजिए, बाहर आ जाइए।" अग्रवाल जी ने हंसते हुए कहा।

शिवानंद जी बाहर आए और अग्रवाल जी अंदर। पर नजर उनकी रह रह कर दूसरे खंभे के पास खड़े दम्पति पर ही जाग रही। कहीं कभी उनके लड़के भी इसी तरह की रास लीलाएं कर रहे होगें.......यह समानता सोचकर उनकी खीझ और बढ़ गयी। पानी ठंढा था, ताजगी का अहसास हुआ, पर कोई राख नहीं निकली। वो दो -तीन डुबकियाँ लगा कर बाहर आ गए। अब रुद्रप्रयाग के लिए निकलना था।

अग्रवाल जी बस में बैठे -बैठे अपने बगल में पदासीन शिवानंद जी को घूर रहे थे। कैसा है ये? कितना अजीब? शायद पत्नी की मौत ने हिला दिया.........यह सब ख्याल साथ-साथ दिमाग में आ रहे थे, पर आँखें अब भी चिपकी हुई थी। शिवानंद मिश्रा का भेष-भूषा अलग था। केसरिया रंग का ढीला -ढाला कुर्ता, जिस पर आगे शिवजी की तस्वीर बनी थी और हर जगह छोटे छोटे अक्षरों में ऊँ नमः शिवाय लिखा था। नीचे केसरिया रंग की लूंगी या धोती ....पता नहीं। शिवानंद जी ने अपनी ओर इस तरह देखते हुए अग्रवाल जी को पूछा, "बंधू क्या हुआ? अरे जब बाबा के पास जा रहे हैं तो भक्ति पूरी होनी चाहिए ना।"

"हाँ, और पूरी दिखनी भी चाहिए।" अग्रवाल जी मुस्कुराए।

"हाँ तो हर्ज ही क्या है?" यह तो ड्रेस कोड है बाबा के भक्तों का। "शिवानंद जी ने अपना चोंगा पकड़ कर गर्व से कहा।

"भक्ति तो मन में होनी चाहिए। आपकी ज्यादा है इसीलिए मन से बह बह कर तन पर भी आ गयी है।"

"क्या बंधू। आप समझे नहीं। अरे स्कूल में यूनीफार्म क्यों है, जबकि पढ़ाई तो दिमाग का खेल है। वहाँ तो आप सहमत हो, यहाँ क्यों नहीं? ये सिर्फ कपड़ा नहीं है, ये तो बाबा का आशीर्वाद है, ऐसा लगता है बाबा के नजदीक हो, उसके रंग में रंग गए हो। मजा आता है। देखो, मैं तो इस बार आया हूँ, पता नहीं अगली बार कब आना हो। पूरा, पूरा सेवन करूँगा मैं..........।"

"हाँ सही है। जिसमें श्रद्धा हो, जिसमें विश्वास हो।" अग्रवाल जी तर्क से बचना चाहते थे।

"आप भी पहन कर देखना, कसम से, अगर आपको अच्छा नहीं लगा तो मैं बीच से ही वापिस हो जाऊँगा।" शिवानंद जी ने गंभीर होकर कहा।

"आप सही हो। आपका मेरी पसंद पर अपनी भक्ति से ज्यादा यकीन है।"

"नहीं नहीं। मुझे अपनी भक्ति पर आपकी पसंद से ज्यादा भरोसा है।"

"तो ठीक है, कल......अगर आपके पास दूसरा भगवा भी हो तो।"

"अरे बंधु........सब है।"

बस ऋषिकेश से निकलकर गंगा नदी के बराबर में बद्रीनाथ वाली सड़क पर चलती रही। एक तरफ हरे पहाड़, दूसरी तरफ गंगा नदी। धीरे-धीरे रास्ता ऊपर चढ़ता जा रहा था और नदी दूर होती जा रही थी। अपने व्यापार के सिलसिले में अग्रवाल जी राजस्थान जाते रहते थे। पहाड़ियाँ वहाँ भी थी, पर यहाँ जैसी नहीं। ना तो इतनी हरी ना हि इतनी विशालकाय। हर पहाड़ के पीछे उससे ऊँची पहाड़ी झांक रही थी। दादरी में कोई कहे कि इतनी हरियाली भी हो सकती है तो मजाक ही लगेगा। आँखों को हरियाली से तृप्त करके अग्रवाल जी ने नदी की तरफ नजर बढ़ाई। गंगा के किनारे कुछ लोगों का झुंड़ दिखा, दूर से छोटे छोटे इंसान। और साथ में उठता धूँआ भी।

"शिवानंद भाई, गंगा नहाने में आनन्द आया या नहीं।" अग्रवाल जी ने मुस्कुराते हुए पूछा।

"आनन्द.........बंधू महाआनन्द!! आत्मा तृप्त हो गयी।"

"फिर तो जल भी पिया होगा आपने।"

"बिल्कुल.............यह तो अमृत है। आपने नहीं चखा?" शिवानंद जी ने कौतुहल से पूछा

"देखिए........वो चिताएं जल रही है............।" इन्हीं में से किसी की राख या फिर जले हुए आँख, नाक -आप पीकर आए हो। हा हा हा" अग्रवाल जी ने हंसते हुए गंगा की तरफ इशारा किया।

"अरे नहीं बंधू.......। फिर तो आपको सिर्फ विज्ञान पता है, गंगा मैया के बारे में नहीं। सब पवित्र हो जाता है इसमें...........राख तो क्या, ये पाप भी धो देती है।" शिवानंद जी ने कहा।

श्री और श्रीमति बलियान जी पिछले चालीस साल से साथ थे। उनकी बातें, अनुभव, मजेदार यादें, खत्म ही नहीं हो रही थी। शादी से पहले मैडम का घबराना से लेकर बच्चों को बाहर भेजने में हुई बहस- सब दोनों को अक्षरसहः याद रहे थे। बलियान जी को दो पुत्र हुए, दोनो अमेरिका में रहते है। उनका शामली, उत्तर प्रदेश में डेयरी का काम था। इतना काम कि बच्चों को भेजने के पैसे भी निकल आए थे और इस साल घूमने के भी। दोनो दम्पति सत्तर-बहत्तर साल के होंगे, पर चलते फिरते शरीर के मालिक थे। अग्रवाल जी उनकी ओर देख कर बोले, "तो आपने अपनी औलादों को इतना अच्छा सेट कर दिया, वो आते नहीं है क्या वापिस? "

"अरे नहीं " मैडम बोली, " ऐसा नहीं है कि वो नालायक हो गए हैं। वो पहले आते थे हर साल, पर अब हमने ही मना किया हुआ है।"

"क्यों? " शिवानंद जी चैंके।

"वो ऐसा है कि भाई कि शामली है छोटी जगह। पाँच साल पहले हमारे गाँव का ही लड़का, जो साऊदी में था, वो आया था, गायब हो गया। सुना कि अपहरण कर लिया गया। फिर एक दो और ऐसे किस्से सुने तो हम डर गए। बाहर से आने वालों को यहाँ के लोग बहुत- धनी समझते है........उन पर खतरा ज्यादा होता है.....। इसीलिए......हम लोगों ने ही मना कर दिया।" बलियान जी ने कहा।

"मतलब, चाहे वजह जो भी हो, आपके बच्चे आपके आस-पास नहीं रहते।" अग्रवाल जी मुस्कुराए। उनको इस बात का गर्व था कि उन्होने इस तरह के रास्ते कभी सोचे ही नहीं- कि बेटा विदेश जाएगा...........। आज कम से कम लड़के साथ तो हैं, दिखते तो हैं, और बुरे वक्त में साथ तो आएंगे।

"हाँ ये तो है।" मैडम जी बोलीं।

"आपको ही बुला लेते अमेरीका।" शिवानंद जी बोले।

"बुलाया था, पर हम कहाँ जाएंगे। अरे इस जमीन, इस हवा की आदत हो गई है अब। कुछ सालों में निकल लेना है, यहाँ, अपनी जमीन, अपने आसमान में मिल जाऊँ तो आत्मा भी तृप्त हो जाए। कहाँ फिरंगी हवा-पानी रास आएगा अब।"

अग्रवाल जी ने ऐसे कई परिवार देखे थे जिनके बच्चे दूर थे, बहुत दूर और जिनकी कोशिश उनको सही ठहराने की ही होती थी। कई बार लगता था कि ये बच्चों के प्रति अथाह प्रेम है कि माँ-बाप उस दूरी को भी सकारात्मक रुप से देखते हैं और उनकी प्रशंसा करते है। पर कई बार यह भी लगता है कि शायद अपने हाथों बच्चों को भेजने का जो फैसला लिया था, उस पर अफसोस करने में शर्मिंदगी महसूस होती है, इसीलिए सब सही है- बोलना चाहते हैं। वजह जो भी हो, अग्रवाल जी को ये लोग हारे हुए लोग ही लगते थे। बुढापे में बच्चे पुरस्कार हैं, आपकी मेहनत और परवरिश का नतीजा। अगर पुरस्कार आपके पास नहीं है तो हार ही है।

"मैं हमेशा से ही बच्चों को बाहर भेजने के खिलाफ था। मेरे दो लड़के हैं, दोनो यहीं, लोकल, ही काम पर लग गए हैं। हाँ इंजिनियर नहीं बने पर बेटे तो हैं।" अग्रवाल जी ने मुस्कुराते हुए कहा।

"पर साथ तो नहीं दिख रहे?" बलियान जी ने पूछा। उन्हें शायद अग्रवाल जी का कटाक्ष अच्छा नहीं लगा।

"आते जरुर, पर मुझे किसी साधु ने अकेले जाने को कहा था.........। वो सब मसूरी में रुक गए हैं। वो तो तैयार ही थे। "

"साधु ने अकेले जाने को कहा या बंधू, बच्चे मसूरी को खुद ही मुड़ लिए" शिवानंद जी हँसे, " छोड़ो अब, बच्चे अपनी जगह...........हम अपनी जगह। अरे अभी कोई बूढ़े थोड़े हैं कि बिना सहारे नहीं घूम सकते.......। "

हालाँकि अग्रवाल जी को यह बात अच्छी नहीं लगी, फिर भी तर्क-विर्तक से परहेज करना उन्हें अच्छा लगा। हाल-फिलहाल की घटनाओं के बाद वो ज्यादा देर तक अपने दोनों बच्चों की प्रशंसा नहीं कर पाते।

"हाँ, यह तो है। अपनी जिंदगी का हिसाब थोड़ा अलग तो हो ही जाता है। फिर वक्त बदल रहा है... तभी तो वृद्धाश्रम में भीड़ ज्यादा है.............। "

"चलिए, बाबा से इस बात की भी फरियाद कर लेंगें, शिवानंद हँसे," अभी उधर तो देखिए, दो नदियाँ कैसे मिलकर पूरी गंगा बना रही है।"

धर्मशाला, रुद्रप्रयाग के ऐसे कोने पर था जहाँ से गंगा की मुख्य धारा और भागिरथी, दोनो मिलती हुई दिखती थी। दोनो नदियों का रंग अलग, वेग अलग और कोलाहल भी अलग। पर मिलकर फिर एक ही गंगा- शांत, शुद्ध और सुंदर। अग्रवाल जी ने मन ही मन मुस्कुरा कर कहा "कौन सी वाली शिवजी की जटा से निकल रही है? उसके किनारे -किनारे चलते हैं, भगवान मिल जाएंगे।"

रुद्रप्रयाग एक छोटी सी जगह थी। दो सड़के जो अच्छी चौड़ाई की थी, जिन पर कार- ट्रक चल सकते थे, बाकि तो पहाड़ी रास्ता। वहाँ की सुबह, समाचार, बातें, पूजा, चर्चा और नींद-सब गंगा के इर्द-गिर्द ही था। जिसमें मिलो वो या तो भक्त था या दुकान वाला। दस में से आठ दुकानें तो रुद्राक्ष और शिवलिंग बेच रही थी। वहाँ पहुँचते -पहुँचते शाम गहरी हो चुकी थी, पर दुकानें खुली थी। शिवानंद जी और अग्रवाल जी गंगा के किनारे बने बाजार में भटक रहे थे।

"यहाँ भी जरुर कहीं ना कहीं आरती होती होगी। चलिए बंधू, किसी से पूछते हैं।" शिवानंद जी अपने भगवा चोले में खुश थे। अग्रवाल जी को उनकी बेचैनी बेचैन कर रही थी। " अरे आरती की तो थी ना ऋषिकेश में। वही गंगा है........ आज बाजार देख लें। कुछ घरवालों के लिए ले लेते हैं। नहीं तो जाकर जवाब देना होगा। "

"बंधू वो भी कर लेंगे, पर आरती..........। मुझे लगता है हम जितना ऊपर जाते जाएंगे, गंगा और भी मनोरम होती जाएगी, पवित्र होती जाएगी। आरती तो देख ही लेते हैं। "

" ठीक है। आप तो पूरे भक्त हो चुके हो। मुझे लग रहा है साथ रहते-रहते मैं भी भक्त ना हो जाऊँ। "

"तो डरते क्यों हो? यह तो सुख है। मैं भी पहले डरता रहा, अब लगता है कि बीवी के साथ आ जाता तो ज्यादा सही रहता। "

"हाँ, फिर आप भी अपनी पत्नी के साथ गंगा के पानी में अठखेलियाँ करते, जैसे के अब के जोड़े करते हैं।" अग्रवाल जी ने मुस्कुराते हुए कहा।

"हूँ। तो आपका दिल इस जोड़े को देखकर जल रहा है। भाभी जी को बड़ी शिद्दत से याद कर रहे हो आजकल " शिवानंद जी हँसे।

"अरे नहीं " अग्रवाल जी झेंप गए। उनकी पत्नी न तो ऐसी थी जो उन्हें याद आए न हि अग्रवाल जी ऐसे थे।" ये तो हमारी संस्कृति का मजाक है, तीर्थ वाली जगह में आपसी प्यार का प्रदर्शन। अब सीधा-साधा बोल भी नहीं सकते... आजकल के बच्चे जवाब देने में माहिर है............। "

"बंधू......कहाँ उलझ रहे हो। गंगा बह रही है, जिस -जिसको मजे आ रहे हैं, उनको लेने दो। और अंग्रेज लोग नहाएं तो भक्ति और हिन्दस्तानियों पर गुलछर्रे का आरोप! ना बंधू ना। "

"अरे मैं कौन सा रोक रहा हूँ......पर जो मुझे अच्छा नहीं लगा तो मैंने कह दिया।" अग्रवाल जी को दलील अच्छी नहीं लगी।

"सही है। पर अब चलो, भीड़ उधर जा रही है, पक्का आरती की जगह होगी चलो बंधू "

अग्रवाल जी और शिवानंद जी भीड़ का हिस्सा बनकर आरती के लिए घाट तक पहुँच गए। चारों तरफ अंधेरा, अंधेरी पहाड़ियाँ और सामने बहता पानी। आरती की रोशनी और आरती के शब्द पानी से टकराकर छिटक रहे थे। शिवानंद जी फिर से हिलने लगे, इस बार अग्रवाल जी ने भी हाथ जोड़ लिए।

कार्यक्रम की जो रुप रेखा बनाई गयी थी, उसके हिसाब से सुबह आठ बजे ही रुद्रप्रयाग से निकलना था, तिलवारा और फिर अगस्तमुनि। ये लगभग 2 घंटे का सफर था, फिर 11 बजे अगस्तमुनि से हेलिकॉप्टर का इंतजाम था। पर जब दस बजे तक भी निकलना नहीं हुआ तो हर कोई धीरे-धीरे धर्मशाला के बीच के आंगन में जमा हो गया।

"सब तो तैयार ही हैं, फिर देर क्यों हो रही है?"

"पता नहीं। शायद गाड़ी का ड्रायवर नहीं आया हो? "

"मैनेजर कहाँ है? उसको ही पूछना ठीक है। "

"वो ऊधर फोन पर लगा हुआ है।"

आपस की खुसर-फुसर और बातचीत के बीच मैनेजर ने घोषणा कर दी, हेलिकाप्टर की सेवाएं बंद है अभी। घोड़े और टटुओं वालों ने हेलिपैड़ पर धरना दिया हुआ है।

"ये तो आपका काम है, हमें इससे कोई मतलब नहीं। हमारा इंतजाम करवाइए।" अग्रवाल जी ने मैनेजर को डांटा।

"बाऊजी शांत हो जाइए। ये हेलिकॉप्टर मेरे घर का नहीं है जो मेरे चाहने से उड़ लेगा। न हि हड़ताली लोग मेरे रिश्तेदार हैं। मैं क्या कर सकता हूँ इसमें। यहाँ सरकारी गाड़ियाँ कैंसल हो जाती हैं, ये तो फिर भी प्राइवेट सवारी है। "

"पैसे तो पूरे लिए ना।" अग्रवाल जी की आवाज थोड़ी नम्र हुई।

"वो तो है। पर हड़ताल नहीं टूटी तो हेलिकाप्टर वाले पैसे वापिस मिल जाएंगे।"

शिवानंद जी अपने आगे खड़े लोगो को धक्का देकर आगे आ गए।

"कब तक उम्मीद है खुलने की। "

"पता नहीं। हो सकता है तीन -चार दिन भी लग जाये। वो जो लोकल लोग हैं, उनका विरोध है। हेलिकाप्टर की वजह से अब कम लोग घोड़े-खच्चर पर चढ़ते हैं। लोकल लोगों का यही धंधा था......... अब तो विरोध कर रहे हैं। " मैनेजर ने समझाया।

"फिर कैसे पहुँचेंगे" शिवानंद जी को चिंता हुई।

"या तो सोनप्रयाग होते हुए चल लेते हैं। दस -बारह किलोमीटर पैदल रास्ता है, घोड़े मिल जायेंगे.........। वहाँ से चल लो।"

"दस बारह किलोमीटर!! पहाड़ पर कौन चढ़ सकेगा? गाड़ी वाला रास्ता भी तो होगा कोई?" अग्रवाल जी चीखे।

"नहीं.......उधर गाड़ी नहीं जा सकती। और कौन सा पहाड़ की चोटी चढनी है। रास्ते बने हुए हैं........वहाँ तो बूढ़े-बूढ़े लोग भी चले जाते हैं। इतना मुश्किल भी नहीं है।" मैनेजर ने समझाया। " ये रास्ता भी ठीक है। हड़ताल का पता नहीं है और वैसे भी थोड़ी मेहनत थोड़ा कष्ट तो सहते ही है लोग दर्शन के लिए। पहले कहाँ थे हेलिकॉप्टर? तब भी तो लोग जाते ही थे। उल्टा तब तो रास्ता भी बना हुआ नहीं था। अब तो रोड़ भी ठीक है।"

"तो फिर चलते हैं ना। " शिवानंद जी आगे आए।

"हाँ, चलते हैं। मजा आएगा।" युवा जोड़े से भी आवाज आयी।

"बात मजे की नहीं है। हममें कई लोग बूढ़े और कमजोर भी है। रास्ते में दिक्कत हुई तो सारा मजा निकल जाएगा।" अग्रवाल जी चिढ़ कर बोले।

"अरे नहीं सर जी। अस्सी प्रतिशत लोग उसी रास्ते से जाते हैं। वहाँ पैदल, घोड़े, खच्चर, सब मिल जाते है। रास्ते में क्लीनिक भी है..........बीमार के लिए। हरा भरा रास्ता है। बाबा के गीत गाते जाओ और चलते जाओ। " मैनेजर मुस्कुराया। अग्रवाल जी ने आसपास देखा। बलियान जी भी सहमत दिखे। दुसरे लोग भी ज्यादा असहमत नहीं थे। उनके दिमाग में जो रुपरेखा थी वो सरल थी। तीन दिनों में वापसी वाली। पर वो अकेले बूढ़े नहीं दिखना चाहते थे।

"हाँ ठीक है। सब तैयार हैं तो ऐसा ही सही। वैसे भी हम यहाँ बैठने नहीं आए हैं। चलो निकलते हैं। हाँ हेलिकाप्टर के पैसे वापिस करवा देना। फिर बाद में ये ना हो कि अब रास्ता खुल गया है इसीलिए पैसे नहीं मिलेंगे।"

"आप चिंता ना करें" मैनेजर हँसा, "हमारा तो रोज का काम है। नाम खराब करने से हमें ज्यादा नुकसान है। चलिए फिर यहाँ से निकलते है, शाम तक गौरी कुंड़ पहुँच जाएंगे.......फिर अगली सुबह निकलेंगे दर्शन के लिए। "

हर कोई अपने सामान को समेटने में लग गया। अग्रवाल जी ने भी बैग उठा लिया। जेब में मोबाइल था। एक तरफ दिल ने कहा कि सज्जन को इस नए रास्ते का बता दें पर फिर दिल ही नहीं माना। वो अकेले जाना चाहते थे..........अकेले ही जाएंगे। आकर ही फोन करना ठीक होगा।

रुद्रप्रयाग से गौरीकुंड़ जाने का रास्ता लम्बा था। वो रास्ता पिछले रास्ते से अलग था। संकरा भी और टूटा-फूटा भी। पर एक तरफ घने जंगल वाले पहाड़ और दूसरी तरफ खाई, खाई जिसमें मखमली हरियाली फैली थी। ऐसा लगता था जैसे कि प्रकृति ने हरे रंग की दरी से खाई को ढ़कने की कोशिश की हो। ऊपर आसमान पर हल्के स्लेटी और काले बादल घूम रहे थे। यदा कदा बूँदे गाड़ी के शीशे पर गिर रही थी। कई जगह ऐसा भी लगा जैसे बारिश हो चुकी हो। सड़क, पेड़ सब धुले हुए हो। चलते चलते गाड़ी एक जगह रुक गयी। आगे थोड़ा जाम लगा था। हर किसी की तरह अग्रवाल जी ने भी अपनी गर्दन बाहर निकाल ली।

"क्या हुआ बंधू?" शिवानंद जी ने पूछा।

"पता नहीं, आगे गाड़ियाँ खड़ी हैं। रास्ता भी तो पतला है ना, कोई फंस गया होगा।"

"गिर तो नहीं गया कोई नीचे" शिवानंद जी ने पूछा।

"अरे सर जी, कुछ नहीं है। ये पहाड़ों से मिट्टी खिसकती रहती है, बारिश हुई ना। वो रोड़ पर आ गई होगी। अभी हट जाएगी, फिर रास्ता साफ।" मैनेजर ने आश्वस्त किया। ये इतना सामान्य था कि हादसों में नहीं गिना जाना था।

"मिट्टी या चट्टान?" पीछे से आवाज आयी।

"बोल्डर गिरते हैं पर कम। वो पेड़ हैं न घने। सब से ज्यादा तो पेड़ गिर जाते हैं, मिट्टी के साथ। हाँ कभी कभी बोल्डर भी आते हैं। वो खतरनाक होते हैं।"

"आप लोग तो हर साल आते होंगे" अग्रवाल जी को रास्ता थोड़ा अपरिचित लगने लगा था।

"हर साल!! हम तो हर साल दस बार आते हैं। अभी पिछले हफ्ते ही पिछला ग्रुप वापिस गया है। आपको वापिस करूँगा, फिर अगला ग्रुप......। हमारी तो रोजी-रोटी है जी।"

"कभी फंसे नहीं?"

"अरे नहीं। इधर सारा धंधा इसी दर्शन से है ना। एक बार बड़े बोल्डर गिरे थे। क्रेन आयी थी। तब रात यहीं काटनी पड़ी थी। लोग बड़े भले हैं जी। खाना पानी सब पहुँचा गए गाड़ी में। नाम खराब नहीं होना चाहिए ना जगह का। "

मैनेजर ने मुस्कुराकर कहा। उसके होठों के बीच से काले सफेद दांत दिख रहे थे। अग्रवाल जी के शरीर में डर दौर गया। कभी दादरी से बाहर जाना भी हुआ तो व्यापार के सिलसिले में ही। वो हर जगह का जाना, आना, रुकना सब इंतजाम देख कर ही निकलते थे। इस बार फंसने की संभावना थी। एक तो हेलिकाप्टर नहीं मिला दूसरा रास्ता दुर्गम...........। भगवान को याद करने का सही समय था। अग्रवाल जी ने आँखे बंद की। मन में शिवजी को याद किया पर होठों से बुदबुदाया "रामचरण, सही फंसाया तूने भाई............"।

अगले दो घंटे तक मिट्टी हटाने की कवायत चलती रही, और गाड़ी में बैठी लोगों की बातें भी। हर कोई अपने जिन्दगी में गुजरे हादसे, दुर्घटना, मृत्यु और भयानक आपबीती सुनाता रहा। हर कोई यह भी कहता रहा कि सही सोचना चाहिए सब ठीक हो जाएगा। अग्रवाल जी की तरह ही लगभग सबके पीछे अपने थे, आगे जिंदगी थी और साथ में जीने का अरमान। सबके मन में भय भी था। पर सब दो घंटे बाद गाड़ी चली तो डर दब गया। बातें सामान्य हो गयी। बाहर की बारिश मध्यम रफ्तार से बरसती हुई सड़क से मिट्टी और मन से अवसाद धो रही थी। थोड़ी देर में ही शिवानंद जी फिर चहकने लगे।

शाम तक बारिश हल्की हो गयी। छोटे से ढाबे पर गाड़ी खड़ी थी। सब चाय नाश्ते के लिए उतरे थे। अग्रवाल जी ने भी अपनी कमर सीधी की। सुबह के बैठे हुए, अभी चार बजे उतरे थे.....। ऊपर आसमान गंदला सा होने लगा था, कुछ शाम की वजह से, कुछ बादलों की वजह से। काले-काले घने बादलों के टुकड़े आसमान में विजेता सिपाही की तरह घूम रहे थे, गरज रहे थे। कभी-कभी हारी हुई सूरज की किरणें भी झांकती थी, पर फिर छुप जाती थी। दादरी में भी बादल आते थे, पर ऐसे कभी नहीं देखे। ना तो इतने काले, ना ही इतने बड़े। वहाँ के बादल भी छोटे-छोटे परिवार की तरह थे, यहाँ......जैसे पूरा पहाड़ हो। अग्रवाल जी को आसमान की तरफ एकटक देखते देखकर शिवानंद जी टोके-

"बंधू! क्या हुआ?"

"इतने भयानक बादल!! जरा ऊपर तो देखिए, कितने डरावने हैं ये।"

"हाँ शायद यहाँ पहाड़ वगैर है ना, शुद्ध-साफ बादल बनते है। हमारे इधर तो धूँआ भी घुस जाता है भाप के साथ।" शिवानंद जी ने एक नजर ऊपर उड़ रहे घने बादलों पर डाली और फिर अग्रवाल जी पर," चलिए, चल कर चाय-वाय पीते हैं।"

"हूँ" अग्रवाल जी भी सामने के ढाबे की तरफ बढ़ गये। इतने घने बादल ने उनके डरे मन को डरा दिया था। प्रकृति की विशालता का सामना अजीब था। कहाँ दादरी में वो सबसे बड़ी दुकान के सपनों में व्यस्थ थे, यहाँ उन चीजों की तो औकात ही नहीं। बड़े पहाड़, बड़े-बड़े पेड़, गंगा की ताकतवर धारा का शोर और घने बादल। ऊपर बादल से कोई देखेगा तो पहाड़ और गंगा ही नजर आएंगे, अग्रवाल जी जैसी तुच्छ रचना नहीं।

"सुनो भाई," उन्होनें ढ़ाबे वाले से पूछा, "ये ऐसे बादल यहाँ रोज ही लगते हैं क्या,"

"हाँ सर जी, रोज तो नहीं, पर हर साल तो आते ही हैं।"

"तो बाढ़ -वाढ़ तो नहीं आती?"

"अरे नहीं सर जी। हम तो ऊपर हैं ना, पहाड़ पर। पानी गिरेगा तो मिनटों में ही गंगा मैया तक पहुँच जाएगा। निश्चिंत रहो।" शायद उसने अग्रवाल जी के चेहरे पर फैली चिंता पहचान ली थी।

"हाँ ये भी है। चल दो चाय दे दो यार।" अग्रवाल जी ने अपने आप को आश्वस्त किया और बाहर छतरी के नीचे लगी कुर्सी पर बैठ गए। तभी उनका फोन बज उठा।

"हाँ, सज्जन बेटे बताओ।"

"पिताजी, वो आज चौदह तारीख हो गई, आप लोगों को आना था। इसीलिए हम सब देहरादून आए हुए थे। पर पता चला कि कुछ परिवर्तन हुआ है.........। कैसे हैं आप?"

"हाँ। मैं ठीक हूँ। वो कुछ हेलिकाप्टर की हड़ताल बतायी थी, इसीलिए पैदल वाला रास्ता लेंगे। पर चिंता मत करो, यहाँ कई मित्र बन गए हैं मेरे। सब साथ हैं।"

"जी पिताजी। मैंने पता किया था। वो घोड़े और खच्चर वालों ने केदारनाथ के हेलिपैड पर कब्जा कर रखा है। पता नहीं कब तक हटेंगें। हाँ पर आप वो पैदल रास्ते के लिए घोड़ा ले लीजिएगा।"

"हाँ हाँ। तुम चिंता मत करो। तुम लोग घर निकल जाओ। मैं देहरादून पहुँचने से पहले फोन कर दूंगा। तब आ जाना। पता नहीं कितने दिनों का चक्कर पड़ेगा।"

"ठीक है पिताजी। वैसे यहाँ हमें बताया है कि सत्रह को आएंगे।"

"चलो देखते हैं।" अग्रवाल जी ने मोबाइल वापिस बैग में डाल दिया। काले घने बादल की ओर देखकर सोचा- इनके होते हुए पता नहीं कितना समय लगे।

" सब ठीक बंधू" शिवानंद जी ने चाय का प्याला आगे खिसकाया।

"हाँ हाँ!! वो बच्चे चिंता कर रहे थे।"

"अरे- आप बाबा भोले शंकर की शरण में जा रहे हो, आपको कैसी चिंता? आपकी कैसी चिंता? "

"सही कह रहे हो। अब आगे का क्या प्लान है?"

"यहाँ से गौरीकुंड। वहाँ रात में रुकेंगे। कल पैदल यात्रा........शाम में केदारनाथ रुक कर, सुबह फिर पूजा, फिर वापसी...........।"

"ठीक है" अग्रवाल जी ने गहरी सांस ली। आगे की कठिन यात्रा का प्लान शिवानंद जी ने एक सांस में बोल दिया...... जैसे कि घर से निकल कर दुकान जाना हो।

जो बारिश पहले पहाड़ो को धो कर हरा कर रही थी, वो अब कम सुहावनी लगने लगी थी। ये धीरे -धीरे होने वाली बरसात ज्यादा चिढ़ पैदा करती है। या तो पूरी ठीक से हो या रुक जाए। पर इंसानी अरमानों से प्रकृति का सरोकार कहाँ, अग्रवाल जी गाड़ी में बैठे बरसाती बूंदों को देख रहे थे। कोई ऐसी जगह नहीं नजर आ रही थी जो सूखी हो। पहाड़, पेड़, पत्तियाँ और सड़क, सब गीले। यदा कदा फुहारें तेज भी हो जाती थी और एक -दो बूंदों ने शीशे के बीच से जगह बना कर अग्रवाल जी को छुआ भी था। अग्रवाल जी ने अपना हाथ पोंछ लिया।

"अंकल आप कहाँ से आए हैं?" उनकी सीट के पीछे नवविवाहित जोड़ा बैठा था। अग्रवाल जी ने इस अप्रत्याशित सवाल पर गर्दन घुमाई। पीछे जो बैठे थे, वो वही थे जो हनीमून पर तीर्थ निकले थे। वही जो गंगा नदी में भी अठखेलियाँ करने की कोशिश कर रहे थे। वही जिनको देखकर अग्रवाल जी को पहले भी घृणा ही हुई थी।

उन्होने संक्षिप्त सा जवाब दिया "दादरी.......... दिल्ली के बगल में है............"

"और मैं झारखण्ड़ से............. " शिवानंद जी ने बड़ी सी मुस्कुराहट के साथ पीछे मुड़ कर कहा। अग्रवाल जी ने घूर कर अपने मित्र को देखा। कैसा अजीब है ये.....। पर फिर आगे मुड़ गए।

"आपलोग कहाँ से हो? " शिवानंद जी की ना तो जिज्ञासा खत्म हुई थी, न ही बात करने की तलब। शायद अपनी पत्नी को ना घुमाने का अफसोस भी उनके दिमाग पर बैठा था। ये जोड़ा समझदार था। जरुरी काम पहले कर रहा है।

"मैं भोपाल से हूँ और ये जयपुर से........। " जोड़े में से लड़के ने कहा।

"हमारी अभी- अभी शादी हुई है.....। " लड़की ने भी शरमा कर कहा।

" हाँ- हाँ। वो तो पता चलता ही है। आप दोनो जिस सुगमता और आकर्षण से साथ -साथ दिखते हो, साफ पता चल जाता है। वरना कुछ महीनों के बाद तो चारों तरफ हवा भी चाहिए होती है और जगह भी। " शिवानंद जी हँस पड़े। आसपास सब हँस पड़े।

"पर अभी-अभी शादी हुई है तो इधर कैसे?" अग्रवाल जी को हसी नहीं आयी थी, पर यह सवाल भी तो दबा पड़ा था। "मतलब घूमने की जगह इतनी सारी हैं, तीर्थ वाली जगह.......कुछ अजीब नहीं हैं।"

लड़के ने लड़की को देखा। दोनो शरमाए, कुछ कहा नहीं।

"बेटे, आए तो कोई बात नहीं। पर इन जगहों पर श्रद्धा होती है, धर्म होता है। आपकी नई शादी और नया -नया प्यार अलग सा लगता है- इसीलिए पूछा।" अग्रवाल जी ने सभ्य शब्दों में सही, मन की भड़ास निकाल दी, उन्हें अच्छा लगा।

"अंकल जी " लड़के ने चुप्पी तोड़ी, "वो क्या है कि हम दोनों इंजीनियर हैं और अगले हफ्ते अमेरिका जा रहे है। वहाँ हमें नौकरी मिल गयी है। शायद फिर वापिस आना हो या ना हो। इसीलिए इसी महीने में पूरा भारत देख लेना चाहते हैं। समुन्दर और बाजार तो वहाँ भी मिल जाएगें, पर ये वाली चीज नहीं मिलेगी। तो हमने सोचा कि इधर भी चक्कर लगा लें......। बस ऐसे ही........।"

"मेरी जिद थी।" लड़की बोल पड़ी। " अपना देश न घूमा तो क्या घूमा?"

अप्रत्याशित पंसद और विचार ने अग्रवाल जी के मन में चल रहे गुस्से को थोड़ा कम कर दिया। वो बोलना तो बहुत कुछ चाहते थे पर कह नहीं पाए। दिल में आया कि कह दें- जहाँ मर्जी धूमो पर तहजीब तो रखो। पर आस पास के लोग उनसे अच्छी बातें करने लगे थे। बलियान जी की पत्नी ने उस लड़की को कहा, " अरे बेटे, तुम लोगो को खुश देखकर इतना अच्छा लगा कि क्या बताऊँ। बेटे ऐसे ही चंचल रहना, फुदकते रहना। "

सब तरफ से अच्छी बातें आने लगी। इंजीनियर, अमेरिका जाने वाले, फिर भी भारत-भ्रमण.......लोगों के मन में अच्छी छवि बन गयी। अग्रवाल जी कहीं ना कहीं खिड़की से बाहर देखने लगे। टपकती बूंदे पूरा माहौल गीला और फिसलन भरा कर रही थी। ऊपर काले बादल अब भी धूम रहे थे- और घूर भी रहे थे।

"बुरा मत मानना, वैसे एक बात पूछना चाह रहा था। तुम दोनो अमेरिका चले जाओगे, फिर शायद वापिस भी ना आओ, ऐसे में तुम्हारे घर वाले......यहाँ। उनके बारे में कुछ सोचा नहीं? " अग्रवाल जी ने पीछे मुड़कर पूछा।

" अंकल, एक बार हम वहाँ रुक जाएं, फिर घरवालों को भी बुला लेंगे। "

" और तुम्हें लगता है कि वो आ जाएंगे?"

" आना चाहिए!! आना चाहिए!! अब और हम क्या करें? अब देखिए, मेरे पापा रिटायर हो जाएंगे इस साल, फिर उनको यहाँ क्या काम? वो चल लेंगे। "

" नहीं बेटे " बलियान जी ने दखल दिया, " हवा, जमीन, पानी......कहाँ छोड़े जाते हैं। इस उम्र में पैसे नहीं हमें जमीन खीचती है। वो कहीं नहीं जाएगे, ये पक्का है।"

"फिर ऐसे में बच्चों का फर्ज नहीं बनता कि जिस माँ-बाप ने बचपन में उनके लिए इतना कुछ किया है, उनकी देख-रेख की जाये। पैसों के लिए उनको पीछे छोड़ना कहाँ के संस्कार है? " अग्रवाल जी ने शांत शब्दों में कहा। थोड़ी और भड़ास निकाल कर मन और भी शांत हो गया। साथ ही अपने बच्चों को पास रखने का गौरव भी उनके चेहरे पर आ गया। " मैंने तो अपने बच्चों को ना तो बाहर जाने का मौका दिया, ना हि संस्कार। आज वो मेरे आस-पास रहते हैं।"

"अंकल ऐसा नहीं है कि हम लोग खराब हैं" लड़की ने मुस्कुराकर विरोध जताया।" जैसे हर माँ- बाप बच्चे का भला चाहते है, वैसे बच्चा भी तो अपने सिर पर उनका हाथ चाहता ही है ना। हमें कौन -सा अच्छा लगेगा कि हम अलग रह रहे हैं, पर हालात का विश्लेषण बाहर से करना आसान होता है। हमारी समस्या हमारी जगह बैठकर देखना चाहिए ना। आज हमें हिंदुस्तान में अच्छी नौकरी नहीं मिल रही, जो मिल रही है, वो अलग-अलग शहर में, कम सैलरी पर। फिर हमेशा छटनी का खतरा। अगर अमेरिका से छटनी हुए तो यहाँ नौकरी मिल जाएगी पर यहाँ से छटनी हुए तो..........पाकिस्तान जाना पड़ेगा, या बंगलादेश........।

फिर पैसे........। यहाँ जो तीस साल में मजदूरों की तरह काम करके कमाएगें, उससे घर खरीदना भी मुश्किल है। वहाँ की दस साल की कमाई, दो-तीन पीढ़ियों तक चलेगी...........। अब आप ही बताइये क्या हम अलग -अलग

शहर में नौकरियां करें। इनके माँ-पापा को हमने बहुत कहा है कि वहाँ चल लें....पर आगे उनकी मर्जी। हमें तो साथ रहने से ज्यादा मदद ही मिलेगी।"

लड़की की बात से सब सहमत दिख रहे थे और अग्रवाल जी चुप।

शिवानंद जी ने उन्हें कंधे से धक्का देकर चुटकी ली " बंधु, अच्छा है कि तुम्हारे बेटे साथ नहीं आए, नहीं तो आज तुमसे लड़ाई कर लेते। तुमने उनका बेहतर भविष्य छीन लिया...........हा हा हा।"

अग्रवाल जी भी हँस पड़े। हालांकि दलील उनके खिलाफ थी पर लड़ने का फायदा नहीं था। पर जो लड़की अब तक अभद्र लग रही थी, अब वो सामान्य दिखने लगी थी।

गाड़ी रुकी तो दो लड़के छतरी लेकर दौड़े चल आए। वो लोगों और सामान को सामने वाले होटल में ले जा रहे थे। उनकी छतरियाँ बड़ी थी, काफी बड़ी। अग्रवाल जी ने मन ही मन में सोचा कि ये जगह बरसात वाली ही है। बाकि लोगों के साथ वो भी अंदर आ गए। शाम का अंधेरा रात के साथ मिलने लगा था। गौरी कुंड में हर तरफ अंधेरा था और चारों तरफ ज्यादा काले पहाड़। होटल, बस्ती के एक कोने में था। पूरी बस्ती ही चालीस पचास रोशनी के दानों से पहचानी ला रही थी।

"बंधू ऊपर चलें......शिवानंद जी ने टोका, " क्या सोच रहे हो।

कुछ नहीं........। बड़ा अजीब सा मौसम है, बरसाती........" अग्रवाल जी उठ कर खड़े हो गए। हाथ में काला थैला था, जिसके अंदर से मोबाइल अपने ऑफ होने से पहले ही गुहार लगा रहा था।

"बलियान जी नजर आए क्या? " चलते हुए शिवानंद जी ने पूछा।

"नहीं। अंदर होंगे.। क्यों क्या हुआ? "

"कुछ नहीं। उनकी मैडम की तबियत थोड़ी ढीली हो रही थी।"

"क्या हो गया?"

"पता नहीं, यही उल्टी वगैरह.......। चलकर हाल चाल पूछेंगे।"

"हूँ।" अग्रवाल जी ने कमरे में पहुँच कर कुर्सी पर जगह ली। "यही वजह थी कि मैं पैदल रास्ते के खिलाफ था। अब चला लो उन्हें। भाई हमारी फौज में सारे तो बूढ़े सिपाही हैं। पर जब सबको सही लग रहा था तो मैं क्या कहूँ।"

"क्या बंधू.......? और कोई रास्ता था क्या? उधर हड़ताल -इधर पैदल......। अरे ठीक हो जाएगी सुबह तक........फिर धीरे-धीरे, घोड़े पर, चल लेगी। आप तो दिल पर ले लेते हो चीजों को।"

" इसमें मेरे दिल पर लेने का क्या है? कौन सा मुझे उठा कर ले जाना हे। मैं तो सबकी तरफ से ही सोच रहा था। देखो मैं तो चल लूंगा.......पर क्या सारे जने चल पाएगे? अरे घोड़े पर चढाई भी तो थकान ही है। पीठ का हाल बुरा होगा। "

"बाबा का नाम गाएंगे और चलते जाएंगे। छोड़ो डर और संशय। चलो बलियान जी से हाल -चाल पूछें।"

शिवानंद और अग्रवाल जी कमरे से निकल पड़े। चाहे शिवानंद जी कुछ भी बोलें, तेरह-चौदह किलोमीटर चलना मुश्किल होने वाला था। अपनी सलाह के पक्ष में पहला प्रमाण आने की खुशी अग्रवाल जी के चेहरे पर दिख रही थी। उस कमरे में श्रीमति बलियान लेटी हुई थी और दो तीन लोग खड़े थे। उनकी उलटियाँ कम हो गई थी पर कमजोरी अब भी थी। उनकी ओर देखकर साफ लग रहा था कि सुबह उनका निकलना नहीं हो पाएगा।

"कैसे करें?" मैनेजर ने बलियान जी की ओर देखा," अम्मा जी तो कल नहीं जा पाएंगी। आप दोनो रुक जाइए यहीं। हमलोग परसों वापसी में आपको साथ ले चलेंगे।"

"मैं चल लूँगी" श्रीमति जी की आवाज आयी "अब इतनी दूर आकर वापिस जाने का क्या मतलब? सुबह तक थोड़ी और ठीक हो गयी तो निकल लेंगे।"

"अरे नहीं। रास्ता इतना सरल नहीं है। आक्सीजन की कमी भी लगती है कई बार। आप इधर ही रुक जाओ, उधर फंस जाओगे।"

"पर मैं जाना चाहती हूँ" श्रीमति जी की फरियाद गूंजी। उन्होनें चारों तरफ नजर घुमाई। नजर अग्रवाल जी से मिली और रुक गयी।" मैं दर्शन करना चाहती हूँ। मैं दर्शन करना चाहती हूँ।"

"ठीक है ना" अग्रवाल जी बोल पड़े," अब इनका मन है तो ये लोग भी आ जाएंगे। आप कल की जगह परसों निकल लेना, घोड़े पर। तब तक ठीक हो ही जाओगे। हम लोग वापिस आकर यहीं एक दिन इंतजार कर लेंगे।"

एक दिन और फालतू!! मैनेजर ने अग्रवाल जी को घूरा पर कुछ कह नहीं पाया।

"जैसा फैसला कर लें।"

"हाँ! और कल किसी डाक्टर को दिखला लेंगे। जल्दी ठीक हो जाएगें।"

"पर अगर कोई दिक्कत होगी तो मैं किसको मिलूँगा। मतलब आप सब जा रहे हैं, मुझे थोड़ी झिझक है। कुछ और लोग रुक जाते जो हमारे साथ परसों चल लेते तो अच्छा था। या सब लोग परसों ही निकलें,"

"नहीं सब परसों तक नहीं रुक सकते।" अग्रवाल जी अब इस अजीब यात्रा में ज्यादा नहीं रुकना चाहते थे। फोन भी खत्म हो गया, घर भी दूर है......। "काफी दिन हो गए हैं। मेरा बिजनेस में नुकसान हो जाएगा। मैं तो जल्दी काम निबटाना चाहता हूँ।"

मैनेजर ने चारों तरफ देखा। हर कोई कल ही जाना चाहता था।"आप बेवजह डर रहे हो। मैं आपको लोकल लड़को से मिलवा देता हूँ। वो मदद कर देंगे।"

"पर....." बलियान जी की बातों में घबराहट थी। उम्र की ढलान और ऐसे में बीमारी की दस्तक!! वो डरे हुए थे। पर उनको पता था कि ये समस्या उनकी है, लोग कल ही जाना चाहेंगे।

"अंकल हम दोनो रुक जाते हैं" नवविवाहित जोड़े में से लड़की की आवाज आयी।"आप चिंता मत कीजिए, हम दोनों कल यहीं रुक जाएगें। आपके साथ परसों चलें जाएंगे।"

"और अगर ये परसों ठीक ना हुई तो?" अग्रवाल जी ने पूछा।

"तो हम लोग आप सबके वापिस आने के बाद चले जाएंगे।"

"अकेले.........??" अग्रवाल जी ने मन ही मन सोचा कि इन्हें तो बहाना चाहिए।"यहाँ अकेले रुकने का और केदारनाथ अकेले जाने का। बेशर्म....नयी पीढ़ी।"

"अकेले कहाँ, रोहित होंगे ना मेरे साथ।" लड़की ने मुस्कुरा कर लड़के का हाथ पकड़ लिया।

"धन्यवाद बच्चों........धन्यवाद!!" बलियान जी ने अपना हाथ उस लड़की के सिर पर रख दिया।

घोड़े के ऊपर बैठना उतना सरल नहीं था, जितना लग रहा था। हर चाल की धमक अग्रवाल जी के पीठ से होती हुई सिर तक जा रही थी। और पता नहीं कैसे, हर दस मिनट में घोड़े के साथ चलने वाला उन्हें उनके एक तरफ होने की सावधानी दे रहा था। पर थोड़ी देर में ही यह पता चल गया कि पैदल चलना भी मुश्किल था। झुंड के कुछ लोग पैदल भी आ रहे थे। शिवानंद जी साथ वाले घोड़े पर बैठे थे पर उनका दिल पैदल ही था।

"बंधू, सच्ची भक्ति तो पैदल जाकर ही होगी। ये तो घोड़े का परिश्रम होगा, हमारा क्या?"

"भक्ति ऊपर पहुँच कर कर लेना। आधे घंटे फालतू बैठ जाना मंदिर में। पैदल तो आज आज में पहुँच नहीं पाएंगे।"

"ये सोचिए ना ये घोड़े का पुण्य है। इसकी मेहनत लग रही है।"

"अच्छा!! और ये घोड़े वाला भी तो चक्कर काट रहा है, लगभग रोज ही। इसका पुण्य तो जुड़-जुड़ कर बहुत हो गया होगा?" अग्रवाल जी ने पूछा

"वो तो है।"

"पर मुक्ति तो नहीं हुई ना। अभी भी इसी काम में लगा हुआ है, उसी तरह। अब तक तो इसे किसी आराम की जगह पहुँच जाना चाहिए था। अग्रवाल जी की बातों में कटाक्ष भी था, मुस्कुराहट भी। शिवानंद जी ने उन्हे मुस्कुराकर बहस खत्म की।

"हूँ!!"

"आपने देखा, इधर हर तरफ कितने अजीब और बड़े -बड़े पेड़ हैं।" अग्रवाल जी ने मुद्दा बदला। रास्तों के एक तरफ गहरी खाई थी, जिसमें बड़े- बड़े

पेड़, जो ऊपर से भी दिख जाएं, झाँक रहे थे। कुछ पहाड़ से तिरछे निकले हुए, कुछ बिल्कुल ही समानांतर भी। जिसको जहाँ जगह मिली, बड़े गए। हर तरफ हरियाली और गहराई के साथ गहरी होती हरियाली।

"भाई, ये घोड़ा बिदक तो नहीं जाता? मतलब इतना डरावना रास्ता है, दुर्घटना तो नहीं होती," अग्रवाल जी ने घोड़े वाले से पूछा।

"नहीं बाऊजी। ये तो पहाड़ी घोड़े हैं। इन रास्तों पर गाड़ी गिर सकती है, ये नहीं गिरेंगे। फिर आगे तो समतल सा है रास्ता।"

"समतल??"

मतलब खाई वगैर नहीं है। पहाड़ों की चढ़ाई है बस। पहले जंगल हुआ करता था, तब तो गुलदाग, भेड़िए भी आते थे। अब कुछ नहीं है।"

"कुछ नहीं?? जंगल तो होगा?" शिवानंद जी चैंके।

"जंगल है जी, घना जंगल है। पर जानवर कम हो गए। पहले रास्ता पतला संकड़ा था, अब आदमी की आवाजाही बढ़ गयी, रास्ते चौड़े हो गए। पर अब भी लंगूर, हिरण, भेड़िए दिख सकते हैं। अंदर जाकर शायद हाथी -भालू भी नजर आ जाए।"

"पर जंगल में जाना तो मना होगा।"

"मना ही मना है। पर लोग थोड़ी अंदर तक तो घुस ही जाते हैं। आदमियों को दूसरे की जमीन पर दखल की आदत होती है जी। तभी तो जंगल और जंगली जानवर कम हो रहे हैं।"

"हम जा सकते हैं क्या इसमें? कोई जाता है क्या?" शिवानंद जी की उत्सुकता बढ़ रही थी।

"असली जंगल है बाऊजी, भटक जाओगे। हाँ हर जंगल में जिंदा रहने के सारे इंतजाम होते हैं, फल है, झरने होंगे, छोटे खरगोश वगैरह मिल जाएगें, पर अभी बरसात हो रही है ना, रास्ता मुश्किल है। फिसलन है।"

"आप ना अभी दर्शन कर लो और वापिस चल लो। अगली बार अकेले आना तो जंगल में रुकना- दो तीन महीने। भाई, हमारा परिवार है नीचे......... अभी जंगल नहीं घूम सकते।" अग्रवाल जी ने शिवानंद जी को कहा। जंगल का

वर्णन उन्हें डरा रहा था। भगवा तो उन्होनें अपने मित्र से लेकर पहन लिया था, पर मन अभी भी साफ था कि दर्शन करो, वापिस चलो और व्यापार पर ध्यान दो।

पन्द्रह जून की शाम थोड़ी सी बेहतर थी। आसमान पर बादल थे पर बारिश रुक गयी थी। पिछले दो दिनों से अग्रवाल जी बूंदा-बांदी के इतने आदी हो चुके थे कि सूखी हवा अजीब लग रही थी। सुबह के चले हुए, रास्ते में तीन बार रुक कर चाय -नाश्ता और खाना खाते हुए काफिला केदारनाथ पहुँच चुका था। शाम और बादल की वजह से चारों तरफ खड़े हिमालय के पहाड़ काफी विकराल और डरावने दिख रहे थे। केदारनाथ का मंदिर सामने था- काफी बड़ा नहीं। आसपास दुकानें चहल पहल, होटल और चौथी तरफ ढ़लान, जहाँ से काफिला आया था। मंदिर के अंदर से अभी भी मंत्रों की आवाज आ रही थी। अग्रवाल जी को सफर खत्म होता देखकर बहुत ही अच्छा लगा। ऐसा लगा कि तपस्या का फल मिल गया हो। यही चाहिए था, जो सामने पड़ा है।

"अंदर चलते हैं ना।" शिवानंद जी अधीर हो रहे थे। सारे लोग जमा हो चुके थे। "शाम की आरती तो हो चुकी है। हम लोग चलकर आराम कर लेते है। सुबह -सुबह दर्शन करके फिर वापसी निकल लेंगे।" मैंनेजर ने कहा। घोड़े पर बैठे-बैठे हर कोई थक चुका था, सिवाय शिवानंद जी के।

"हाँ पर माथा तो टिका ले। सामने से खाली लौटना ठीक नहीं।"

"शिवानंद जी" अग्रवाल जी ने थके हुए शब्दों से कहा, "आप न दरवाजे पर माथा टेक आओ, हमलोग आपका इंतजार करते हैं। हमने यहीं से हाथ जोड़ दिए हैं। कल नहा-धोकर आएंगे.......।"

"अरे बाबा के दरबार में नहाने- धोने का क्या है? खैर पाँच मिनट में आता हूँ। या आप लोग बढ़िए.........मैं हॉटेल में आ जाऊँगा। मुझे रास्ता बना दीजिए।" शिवानंद जी ने सरसराती निगाहें सब पर डाली। कितने अजीब लोग हैं?

मैनेजर ने सबकी ओर देखा और फिर शिवानंद जी को हॉटेल का रास्ता बताने लगा। केदारनाथ के आसपास मुश्किल से तीस-चालीस मकान होंगे- वो

भी एक ही सड़क से जुड़े थे। आगे लगभग 200 मीटर पर मंदाकिनी नदी थी जिसके किनारे हॉटेल था.......सीधा रास्ता। सुबह के थके हुए लोग मुँह-हाथ धोने की उम्मीद से मैनेजर के साथ हो लिए। अग्रवाल जी भी मुड़े पर फिर कुछ सोचकर वो शिवानंद जी के पास आ गए। "मैं इनके साथ ही आ जाऊँगा।"

"बंधू ये आपका मेरे प्रति दोस्ताना है या बाबा के प्रति प्यार.....? खैर अच्छा हुआ कि आप आ गए।" शिवानंद जी हँसे। अपने मित्र का वापिस आना उन्हें अच्छा लगा।

"ये दोस्ताना नहीं भाईचारा है। देखो, हम सब बाबा के बच्चे, हो गए न भाई-भाई। बस इसी भाईचारे में आ गया।" अग्रवाल जी जोर से हँसे। इस तरह की गोल गोल बातें करना उनकी आदत में नहीं था। पर उन्हें अच्छा लगा।

"अरे सही है। आइए, मंदिर चलें। जितना नजदीक हो सके और जितनी देर हो सके........आनंद ले ले केदारनाथ जी का........।"

अग्रवाल जी और शिवानंद जी मंदिर के मुख्य द्वार तक आ गए। सामने मध्यम आकार का दरवाजा, उस पार बैल की बड़ी प्रतिमा और दरवाजे से लटकती बड़ी सी घंटी। सामने के कपाट बंद थे, और बाहर पुजारी लोग शायद बंद करने से पहले की पूजा कर रहे थे। दोनो तरफ खाली जगह थी। दोनो भगवाधारी दस मिनट उसी बैल की प्रतिमा के पास बैठ गए। अगरबत्ती और धूप की खुशबू, घी के गंध के साथ मिलकर अजीब सा माहौल बना रही थी। वहाँ तो पूरे दिन भी बैठा जा सकता था, निःशब्द। अग्रवाल जी ने घर और व्यापार को याद करने की कोशिश भी की, पर ध्यान न कर पाए। हर सांस के साथ पूजा की सुगंध मन के ऊपर शीतलता छिड़क जाती थी।

ऊपर बादल की तेज गड़गड़ाहट ने उन दोनों का ध्यान भंग किया।

"भाई शिवानंद जी, चलतें हैं। मौसम अच्छा नहीं है और अंधेरा भी हो रहा है। तेज बारिश में फंस गए तो मुश्किल हो जाएगी।"

"हाँ..........चलिए। कल सुबह आते है अब।" शिवानंद जी उठे और दोनो उस ढ़लान वाले रास्ते से मंदाकिनी की तरफ चल पड़े। आस पास की दुकानों की वजह से रोशनी टिमटिमा रही थी और दूर बह रही मंदाकिनी की आवाज अब साफ सुनने लगी थी। हॉटेल मंदाकिनी के किनारे पर था। वहाँ कई ऐसे

हॉटेल थे। हॉटेल के पास पहँच कर अग्रवाल जी ने एक नजर मंदाकिनी की लहरों पर डाली। बरसात से लबालब काली रात के अंधेरों के बीच चांदी सी चमकती लहरें अपने बल का प्रदर्शन कर रही थी। जिस तरह हिरणों के झुंड में निफ्रिक शेर मदमस्त चलता है, अपनी चाल, दिशा और गति का नियंत्रण खुद करते हुए, मंदाकिनी की गर्जन करती लहरें उसी तरह बह रही थी। मानव के आकार, मानव के द्वारा बनाए घर, इमारतें सबका मजाक उड़ाती भयानक नदी। अग्रवाल जी ज्यादा देर तक उधर नजर नहीं रख सके।

"चलें अंदर..........। थक गए हैं। सोते हैं।"

"हाँ कल सुबह जल्दी आना भी है। वरना यहाँ भी नदी के किनारे बैठ जाते। आपको पता है -यह नदी भी आगे जाकर गंगा में मिलती है, मिलती क्या? ये गंगा बनती है।"

अग्रवाल जी ने अंधेरे में ही शिवानंद जी को घूरा। "सारी नदी, सारे नाले जाकर गंगा में ही मिलते हैं। इसका बहाव देखा आपने। बह गए तो कोई बचा भी नहीं पाएगा।"

"वो तो ठीक हे। पर............लाश भी तो गंगा तक पहुँच ही जाएगी।" दोनो हँस पड़े।

अग्रवाल जी को अजीब अनुभव हो रहा था। घर पर वो बोलते और सब सुनते थे। वहाँ वो बड़े थे, फैसला कर सकते थे। किसी की जिंदगी को 'सेट' या प्यार को'अपसेट' कर सकते थे। यहाँ-उल्टा है। साथ खड़ा इंसान -जो हर चीज पर हंसता है, ऊपर हँसने और गरजते बादल, पीछे हँसती और दहाड़ती मंदाकिनी की लहरें...। अगर शिवानंद जी को भी कुदरत का हिस्सा मानें तो ऐसा लग रहा था कि पूरी कुदरत अग्रवाल जी पर हँस रही थी।

एक तेज आवाज गूंजी जो ऊपर पहाड़ी चोटियों से टकरा -टकरा कर वापिस आ रही थी, जैसे सौ बादल एक साथ गड़गड़ाए हों। रात जैसा अंधेरा हर चीज को धुँधला कर रहा था। दोनों तेजी से हॉटेल की तरफ चल पड़े।

“यहाँ तो अजीब सा ही मौसम हो रखा है। इतनी भयानक आवाज! जैसे पहाड़ टूट गया हो।” चलते-चलते अग्रवाल जी बोले।

“हाँ बंधू” शिवानंद जी भी थोड़े घबराए तो थे ही, “पता नहीं हिमालय पर शायद यह आम रात हो। पर प्रकृति पूरी स्वतंत्र है यहाँ।”

“हाँ और गुस्से में ना हो।”

“चलिए, हमें तो कल निकल लेना है। जो रोज यहीं रहते है, उनको आदत हो गयी होगी।”

“पर ये चेतावनी भी है। आप देखिए, सारे लोग जगे हैं। मुझे लगता है ऊपर पहाड़ पर बिजली गिरी होगी।”

दोनो तेज कदम चलते रहे। इधर बारिश फिर से शुरु हो गयी। अब तो हॉटेल पहुँच कर ही सूखने का सोचना पड़ेगा। मंदाकिनी की लहरें दिखने लगी थी। पर हर बढ़ रही, फूल रही। हॉटेल दिखने लगा था, पर तब तक मंदाकिनी अपने तट से ऊपर आ गयी।

“भाई, ये क्या है? वापिस भागो। ये नदी तो ऊपर आ रही है।” अग्रवाल जी चीखे। अभी दोनो थोड़े पानी में खड़े थे, जो शायद बरसात की वजह से जमा हो रहा था।

“नहीं बंधू, ये रात की वजह से ऐसी दिख रही है। तेजी से चलकर अंदर घुस जाते हैं।”

"मुझे डर लग रहा है। ये रात का भ्रम नहीं। ये नदी का वेग, आकार, प्रहार सब बढ़ रहा है।" अग्रवाल जी ने धीरे से कहा पर तेज कदम से चलते रहे। जो कुछ लोग बाहर दिख रहे थे, वो सब इधर उधर तेजी से भाग रहे थे। विनाश का डर अग्रवाल जी के पैरों को तेज कर रहा था। लहरों ने एक तेज उफान भरी और सामने खड़ा मंदाकिनी के तट पर दोनो का सहारा, हॉटेल, सूखे पत्ते की तरह कांपा। एक तेज आवाज हुई और होटल का एक हिस्सा मंदाकिनी में विलीन हो गया। नदी में अट्टाहास किया।

अग्रवाल जी स्तब्ध खड़े रह गए। ऐसा जैसे मौत सामने खड़ी हो, बहती हुई, अट्टाहास करती हुई। बचे जगहों से लोग निकल निकल कर भाग रहे थे।

"बंधू, भागो" शिवानंद जी ने अग्रवाल जी का हाथ पकड़ा और वापिस मंदिर की तरफ दौड़ पड़े। अधिकतर भीड़ उधर ही दौड़ रही थी। अग्रवाल जी ने न कुछ सुना न आगे देख पाए, बस शिवानंद जी का हाथ पकड़े दौड़ पड़े।

उनके दिमाग में बस एक ही चीज गूंज रही थी, "बंधू भागो....." और पीछे से मंदाकिनी की गरजती लहरें। पूरे केदारनाथ बाजार में पानी आ गया था, ज्यादा नहीं पर एक फुट तो जरुर। उसमें दौडना मुश्किल था, पर जान की कीमत ज्यादा थी। अग्रवाल जी और उनके मित्र शिवानंद मंदिर तक पहुँच गए। वहाँ पहले ही काफी लोग पहुँच चुके थे। सब गीले, सब डरे हुए।

"ऊपर बादल फटा होगा" एक ने कहा।" ये बाढ़ उसी की वजह से है।"

"इसबार तो नदी काफी गुस्से में है। कुछ इमारतें तो लील गई।"

"हाँ........इमारतों की क्या औकात उसके आगे। लगता है आज खत्म होएंगे हम सब।" तीसरे ने डरते हुए कहा। अग्रवाल जी की विचारधारा तीसरे जैसी ही हो रही थी। पैर डर से काँप रहे थे। आँखों के सामने उन्होनें तबाही का एक मंजर देख लिया था। वो चुपचाप कोने में बैठ गए।

"पंडित जी। क्या होगा?" भीड़ में से कई आवाजें आई। पंडित जी भी उसी भीड़ का हिस्सा बने हुए थे।

"ये बाबा का उग्र रुप है। मंदाकिनी मैया ने हम पर कभी क्रोध नहीं किया है। हम आरती करेंगे। बाबा शांत होंगे तो ही बचाव है।"

अग्रवाल जी ने ऊपर आसमान की तरफ देखने की कोशिश की। काल-घने बादल और बीच-बीच में चमकती बिजली। नीचे देखा तो मंदिर के बाहर पानी जमा हो गया था। सामने पुजारी ने आरती जला दी। शांत मुर्ति दिख रही थी। मूर्ति शांत थी, क्रोध तो बाहर था। वो भी आरती के साथ आवाज मिलाने लगे। कुछ आवाजें आरती की थी, कुछ रोने की और कुछ चिंता की। पंडित जी ने प्रसाद के सारे डब्बे खोल कर बांट दिए। पर मंदिर में उस समय दो-सौ लोग तो जरुर होगें.........अधिकतर लोगों के हिस्से न वो प्रसाद आया न आशीर्वाद।

"बंधू, यहाँ तो कुछ खाने का नहीं है। बाहर निकल कर देखें क्या?" शिवानंद जी ने पूछा।

"क्या? कहाँ निकल पाएंगे। घुटने पर पानी है, सारी दुकानें बंद........। बाहर खतरा है..... आप भूख बर्दाश्त कर लो। सुबह ही कुछ होगा।"

"मैं तो कर लूंगा बर्दाश्त। आपके लिए सोच रहा था।" शिवानंद जी ने भोलेपन से जवाब दिया। अग्रवाल जी ने आगे बढ़कर उसे गले लगा लिया। "आप मेरे सबसे अच्छे मित्र हो, भाई हो। आप को खतरे में नहीं डालना। आप भूख से ज्यादा कीमती हो.....यहीं रुको। सुबह देखेंगे।

"चलिए फिर आरती ही गाते हैं। प्रभू शायद रक्षा कर दें।"

रात काफी लम्बी थी। हाँ दो- तीन घंटो के बाद बादलों की आवाज थोड़ी कम हुई। धमक उतनी ही थी, बस संख्या कम हो गयी। बारिस अभी भी चल रही थी, कभी तेज तो कभी धीरे। मंदिर में बैठे लोग अब आस पास झांकने लगे थे। अग्रवाल जी वाले हॉटल के अलावा एक दो और इमारतें भी मंदाकिनी में समा गयी थी। जब मौसम की आवाज कम हुई तो मंदिर में जमा लोगों की आवाजें तेज हो गई। किसी को बुखार आ गया तो किसी को उल्टी। बच्चे रो रहे, महिलाएं सुबक रहीं और पुरुष अधीर हो रहे। कुछ लोग बाहर निकल कर भागे........ शायद घर का कोई हॉटल में छूट गया था, उन्हें ढूंढने। पर काफी सारे लोग डरे, सहमे चुपचाप आरती में अपना सुर मिला रहे थे।

"बंधू, मुझे लगता है एक बार हॉटल की तरफ चलकर देखते हैं। अगर कोई फंसा हो तो निकाल तो लाएं।" शिवानंद जी लोगों के एक समूह को बाहर जाते देख कर अधीर हो रहे थे।

"शिवानंद जी आपका दिमाग तो सही है ना" अग्रवाल जी ने चिढ़ कर कहा, "यहाँ अपनी जिंदगी डंवाडोल है और आप मौत का रास्ता ढूँढ रहे हो। देखा नहीं आपने, अपना होटल कैसे भरभराकर बह गया। वहाँ कोई नहीं होगा। आप यहीं बैठ जाओ।" शिवानंद जी ने अग्रवाल जी को घूरा पर बोले कुछ नहीं।

"प्लीज, कृपा करके बैठ जाओ मेरे भाई। सुबह चल लेंगे।" अग्रवाल जी ने हाथ जोड़कर कहा।

"बंधू सुबह तक के इंतजार में कुछ जानें जा सकती है। जब मृत्यु को वक्त की पाबंदी नहीं है तो सहायता को भी नहीं होनी चाहिए। आप बैठिए, मैं आता हूँ। ज्यादा अंदर नहीं जाऊँगा।"

"आप मर सकते हैं।" अग्रवाल जी ने गुस्से से कहा।

"जानता हूँ। अगर लाश मिल जाए तो मंदाकिनी में डाल दीजिएगा। बहकर गंगा में पहुँच जाएगी....."

"......जानता हूँ।"

"शिवानंद जी धीरे-धीरे घुटने भर पानी में चलते हुए अंधेरे में विलुप्त हो गए। अग्रवाल जी का मन खिन्न था। संसार में व्यावहारिकता कितनी कम हो गयी है। जिसे देखो, झूठी भावना में बह रहा है। जो दिल के जुनून को ही सुनना था तो जानवर बन जाते। इंसान बनने के क्या फायदा, अगर दिमाग और तर्क इस्तेमाल ही ना करे तो। घर पर सज्जन नहीं सुनता, अर्नव नहीं सुनना चाहता। यहाँ शिवानंद जी नहीं सुनना चाहते.......ये क्या, कोई भी नहीं सुनना चाहता। बादल, नदी, बाढ़, और भोले बाबा.............। सब अपनी मर्जी से ही चलना चाहते हैं। दिमाग में ख्याल आते रहे और अग्रवाल जी अंधेरे में बिना लक्ष्य और बिना आस के नजर गड़ाए बैठे रहे। एक मन कह रहा था कि आरती में ही बुदबुदा कर अपने मित्र की सुरक्षा की प्रार्थना कर ले पर फिर लगा कि अच्छा है, फंसेगा तब ही सुधरेगा।

दिनभर की थकान और रात का डर अग्रवाल जी के दिमाग को अलग अलग अनुभूति देता रहा। कभी मौत की आवाजें सुनी कभी घर की याद आयी। इस बीच कब पलकें झुक गयीं पता नहीं चला। बैठे-बैठे ही अग्रवाल जी सो रहे थे। जगह इतनी कम थी कि हर तरफ इंसानी शरीर से उनको सहारा मिला हुआ था। गिरना संभव नहीं था। शिवानंद जी ने उन्हें कंधे से हिला कर उठाया।

"बंधू! बंधू!! जागिए...........।"

अग्रवाल जी ने आँखें खोली। शिवानंद जी बिस्कुट का एक पैकेट लेकर खड़े थे। "ये खा लीजिए.........भूख लगी होगी।"

अग्रवाल जी ने हाथ बढ़ा कर पैकेट ले लिया।"आपने लिया? आप तो किसी और वजह से गए थे ना। ये कहाँ से ले आए।"

शिवानंद जी भी जगह बनाकर बैठ गए। "ये मैं नहीं लाया, यहीं के दुकान वालों ने भिजवाएं है........सबके लिए। मैं तो हॉटेल की तरफ गया था। अपने वाले का तो सब नाश हो चुका है। कुछ लोग बचे थे, जो दूसरे लॉज में चले गये थे। दो तीन हॉटेल भी बह गए। सौ-दो सौ तो मर गए होंगे।" उन्होंने लंबी सांस छोड़ी।

"जो बचें हैं, वो ठीक हैं। मतलब लॉज -हॉटेल सब तो आस पास ही है ना। फिर से खतरा तो नहीं आएगा उन पर?"

"लोग कह रहे थे कि ऊपर बादल फटा कहीं। इससे अचानक बाढ़ आ गयी। पर अब ठीक हो जाएगी। हाँ अगर दुबारा बादल फटा तो मुश्किल होगी।"

"तो सरकार ऊपर कुछ इंतजाम क्यों नहीं करती। मतलब यह खतरा तो हर साल हर बरसात में आएगा। नदी पर कुछ तो करना चाहिए ना।"

"पता नहीं? लोग कह तो रहे थे कि ऊपर एक झील बना रखी है, पर इस बार बादल उससे नीचे फटा है। नीचे पहाड़ पर.......। बंधू, ये नदी नहीं, महानदी है, इसको बांधना संभव नहीं। आपने देखा नहीं इसका रुप...।"

"हाँ.....देखो कैसे दर्शन हुए........। अब बस सुबह हो और हमें निकाल लिया जाए। मुझे घबराहट हो रही है।"

"घबराहट से क्या होगा? बाबा जो चाहेंगे, वही होगा। चलिए, सुबह होने ही वाली है। थोड़ी देर और आराम करते हैं, फिर निकल कर देखेंगे इंतजाम।"

"आपने मैनेजर देखा क्या? उसे कह देते हैं कि सुबह ही निकल लें।"

"कैसी बातें कर रहे हो आप। कौन मैनेजर? क्या पता नदी में बह गया हो। अब तो खुद ही निकलना होगा। या फिर देखें, सरकार हेलिकाप्टर भेज दे शायद।

"हूँ।"

दोनो बैठे-बैठे आँखे बंद करके चुप हो गए। उधर हिमालय की चोटियों पर सुबह की रोशनी के स्वागत की तैयारी हो चुकी थी। बादल अब भी थे, पर उतने घने नहीं।

आसमान पर बादल अब भी अपनी श्यामली चादर डाले हुए थे, फिर भी सुबह का अहसास होने लगा था। हल्की रोशनी बादलों के बीच जगह बना कर आ रही थी। और दूर चिड़ियों की आवाजें भी बता रही थी कि सुबह होने वाली है। अग्रवाल जी ने घड़ी की ओर देखा- पाँच बज चुके थे। फिर आस-पास नजर घुमाई। मंदिर के अंदर हर चप्पे पर इंसान थे। कुछ रोकर थक वुके, जो अब अपने आड़े-तिरछे आकार में ही सोने की कोशिश कर रहे थे और कुछ अब भी आरती गा रहे थे। शिवानंद जी भी बगल में लुढ़क चुके थे।

"शिवानंद जी! शिवानंद जी! उठिए भाई।" अग्रवाल जी ने उन्हें हिलाया।

"हाँ.... शिवानंद जी को अपने आरामदायक सपने से मुसीबत भरी सच्चाई में आने में थोड़ा वक्त लगा। "हाँ बंधू? क्या हुआ?"

"अरे भाई, सुबह होने वाली है। चलकर देखते हैं आस पास। क्या कुछ बचा हैं? फिर कुछ खाने-पीने का भी तो ढूंढना है। सब उठ रहें है। चलिए।"

"ठीक है।"

दोनों बाहर निकल पड़े। पानी हट चुका था पर पीछे थोड़ी कीचड़ छोड़ गया था। मंदिर से ज्यादातर लोग बाहर आ रहे थे। सामने की दुकानों पर भीड़ जमा होने लगी। हर कोई भूखा था। कुछ दुकानें खुल चुकी थी जो मुफ्त में बिस्कुट बाँट रहे थे। अग्रवाल जी भी लाईन में खड़े हो गए। उनकी हिम्मत नहीं थी कि रात के बारे में सोचें या मंदाकिनी के पास जाकर होटल का हाल देखें।

"आगे क्या?" शिवानंद जी ने पूछा। बिस्कुट और पानी का इंतजाम हो गया था। दोनो इधर-उधर टहल रहे थे।

"आगे क्या? अब निकलना है यहाँ से। मुझे लगता है कि समाचार आ गया होगा अब तक इस बाढ़ का। सरकार निकालने का इंतजाम करेगी।"

"सरकार?? वो क्या करेगी? मौसम देखो बंधू। कोई जहाज तो आ नहीं सकता यहाँ। पैदल ही निकलना पड़ेगा।"

"पैदल........। इस कीचड़ में!! इतनी दूर!!"

"और क्या? मतलब पैदल या गदहे- घोड़े पर.....।"

"हाँ.....। भाई मुझे तो डर लग रहा है। सच में लगता है यहाँ आकर फंस गया। वो तो शुक्र है कि कल मंदिर आ गए थे नहीं तो होटल के साथ हम भी शहीद हो लेते।"

"हाँ वो तो है। हमें तो बाबा ने बचा लिया।" शिवानंद जी ने हाथ जोड़कर मंदिर की तरफ सिर झुका दिया।

"और उनको बाबा ने मरवा दिया।" अग्रवाल जी बुदबुदाए। मन में दुख, डर और क्रोध, तीनों घूम रहे थे। दुख कि आँखों के आगे सब साथी मर गए। डर कर कैसे निकलेंगे। कोई यह भी नहीं कह रहा कि अब कुछ नहीं होगा। और क्रोध रामचरण पर। क्या सलाह दी!! कांटा चुभने का दर्द अगर परेशान कर रहा है तो हाथ पर हथौड़ा मार लो....पिछला दर्द गायब हो जाएगा........ऐसा ही कुछ किया था उसने। घर की छोटी-मोटी समस्या से परेशान अग्रवाल जी की ऐसी मदद हुई कि अब भूख, भय और जान की मुसीबत आ पड़ी है। काहे कि दिव्य ज्ञान.........। अग्रवाल जी ने मन ही मन उसे कोसा, फिर ऊपर नजर डाली। सुबह की रोशनी आने लगी थी। सामने हिमालय साक्षात काल जैसा दिख रहा था

और ऊपर बादल, जैसे रावण के दस सिर हों...........। भयानक, अट्टाहास करते, बड़े-बड़े सिर......। हल्की, यदा- कदा बूंदे भी गिर रही थी। चारों तरफ नजर डाली और फिर अग्रवाल जी ने मंदिर की तरफ देखकर हाथ जोड़ लिए "प्रभू, इसबार सब ठीक कर दे, बचा ले। आगे से तो मैं कभी भी पहाड़ों की तरफ नहीं आऊँगा" ऊपर बादल गरज उठे। पता नहीं हाँ में जवाब आया या नाराजगी की गर्जन थी। दोनो चलते चलते मंदिर में वापिस आ गए।

अग्रवाल जी के मुँह में डला बिस्कुट का टुकड़ा वहीं फंस गया। ऐसी भीषण गर्जना हुई मानों कहीं बम फटा हो, सैकड़ों बादल साथ फट पड़े हों। गड़गड़ाहट की आवाज अचानक ही चीख पुकार की आवाज के साथ मिल गयी। शिवानंद जी ने खड़े होकर झांका। मंदिर के पीछे से पहाड़ टूट कर आ रहे थे। एक डरावनी आवाज जो हर पल बढ़ रही थी। जिसे जिधर जगह मिल रही थी, वो भाग रहा था। अग्रवाल जी के आंखो के आगे अंधेरा छा गया। मन में एक ही बात गूंज रही........मौत। शिवानंद जी झुके और मूक पड़े अग्रवाल जी का हाथ पकड़ कर खींचें "बंधू, भागो! बाबा के शरण में चलो।"

निष्प्राण अग्रवाल जी और शिवानंद जी मंदिर के मुख्य कक्ष के दरवाजे की ओर दौड़ पड़े। जो जहाँ था, वहाँ से भाग रहा था। भयानक शोर के साथ पत्थर, कीचड़, मिट्टी का तेज बहाव नीचे आया और रास्ते में आने वाली हर निर्जीव, सजीव चीजों को ढ़कता चला गया। लगभग दस से बारह फीट ऊँचा कीचड़!! मंदिर के दोनो तरफ की दीवारें बिना आवाज किए ही मलबे में दब गई। बीच प्रांगण में बना नंदी बैल, दरवाजा सब..........। जो लोग प्रांगण में थे, अधिकतर जमीन दोज हो गये। कोई नंदी बैल पर चढ़ा था तो कोई दीवार पर। कोई बड़ी घंटी पर लटक गया। शिवानंद जी आँखें बंद करके तेज-तेज आरती गाने लगे। अग्रवाल जी आँखें बंद करके इंतजार कर रहे थे। एक तेज झटका आएगा और आज मौत निश्चित है। ना पलक खोलना याद रहा ना आवाज लगाना। छोटे लोहे के दरवाजे पर जोर से पकडे हाथ दरवाजे के उस पार की मूर्ती से कुछ कहना चाह रहे थे, पर शब्द नहीं थे। अगले दस मिनटों में गड़गड़ाहट, शोर, चीख पुकार और जीवन की उम्मीद............सब शांत हो गयी। "हो गया?? मौत इतनी अचानक?? पता भी नहीं चला, न दर्द, न दस्तक!!" अग्रवाल जी के मन में अजीब प्रश्न उठ रहे थे। पर आँख खोलने की या हाथो में पकड़े हुए दरवाजे की सलाखें छोड़ने की हिम्मत नहीं हुई। ऐसा तो नहीं कि पीठ के ठीक पीछे मौत खड़ी हो,

मुस्कुराती हुई। कि जब हाथ छूटेगा और आँखें खुलेगी, तब उसके हाथ में पकड़ा हुआ शस्त्र चलेगा और गर्दन अलग!! या फिर शायद वो मर चुके हैं, शून्य में जा रहे हैं। उन्होनें जोर से आँखें बंद कर ली।

“बंधू” शिवानंद जी ने अग्रवाल जी को जोर से हिलाया, “बंधू उठो”।

अग्रवाल जी का मन जो डर से इधर उधर विचलित भाग रहा था, अचानक रुक गया। उन्होनें आँखें खोल कर सामने खड़े शिवानंद जी को देखा। शिवानंद जी बुरी तरीके से कांप रहे थे। डरे हुए.......। और जब नजर फिसल कर आस-पास गई तो हर तरफ तबाही दिखी। भरा-पूरा केदारनाथ अब सपाट, गंदली मिट्टी का ढ़ेर लग रहा था। जैसे कि किसी सुदंर चित्रकारी पर किसी ने गंदा पानी फेर दिया हो। काली-भूरी, मिट्टी, पत्थर और जमीन में आधे धंसे घर, दुकानें और इंसानी शरीर.......। एक तरफ मंदिर का वो हिस्सा खड़ा था जिसके सामने अग्रवाल जी बैठे थे, बाकि हर तरफ एक जैसा मंजर था। दूर कुछ इमारतें आधी दबी दिख रही थी। जिसके छत पर लोग थे, और कुछ किस्मत के धनी लोग जो घंटी पर या नंदी पर अटके हुए थे। ऊपर बादल भी शांत थे और पीछे पहाड़ भी। मानो कह रहे हों कि इस बार बोलो, फिर बताते हैं। जो कीचड़ का अपार ढ़ेर हर तरफ था वो धीरे-धीरे सरकता हुआ नीचे निकलता गया। चीजें उसके साथ ही उलटती -पलटती -घिसटती चलीं गई। अचानक ही इतने इंसान कहाँ गए.......... पता नहीं........। अग्रवाल जी ने दरवाजे को छोड़ शिवानंद जी का हाथ पकड़ लिया। दोनों वहीं बैठ गए-सीढ़ियों पर, शून्य....। मूक...। प्रकृति के आगे अपनी तुच्छता का अहसास अजीब था। वहाँ सब कुछ बड़ा था, पहाड़, बादल, कीचड़, पत्थर और चट्टानें और दहशत भी। सबसे छोटी चीज इंसान ही थे, जो डरे दुबके चुपचाप खड़े थे। दस मिनट की शांति और सन्नाटे के बाद हर तरफ से आवाजें आने लगी। किसी ने अपना परिवार खोया था किसी ने पति......। दूर छत पर खड़े लोग दहाड़ मार कर रो रहे थे। किसी का बच्चा दफन हो गया तो कोई सब कुछ खो चुका था। अग्रवाल जी की भी हिम्मत और तर्जुबा, उम्र और ओहदा, सब गायब हो गया था। जब आवाजें आने लगी तो उनकी भी सिसकियां निकल पड़ी। साथ बैठे शिवानंद जी रो रहे थे। दोनो एक दूसरे से लिपट कर रोने लगे।

रात और सुबह हुए हादसों के सदमें में पड़े अग्रवाल जी को अपने घर, दादरी, बच्चों और व्यापार- सबकी याद आई। घर की छत, घर की चाय, दुकान का गल्ला और गलियाँ, सब याद आए और सब मिलकर कहने लगे- वापिस आओ। हिम्मत मत हारो......वापिस आओ......हमारे लिए तुम आज भी कीमती हो, अजीज हो...........वापिस आओ। अग्रवाल जी ने अपना हाथ शिवानंद जी के हाथ से अलग किया। शिवानंद जी ने भी सिर उठा कर देखा।

"बंधू, इससे अच्छा होता कि मैं भी होटल के साथ ही मंदाकिनी में समा जाता..........या फिर इधर ही कहीं प्राण निकल जाते।"

"नहीं मेरे दोस्त...... आइए उठिए......। हमें निकलना होगा। अब जो बच गए हैं तो रास्ता तो निकालना ही पड़ेगा न।"

"कहाँ जाएंगे?...... हर तरफ..........कहाँ जाएंगे....." शिवानंद जी फूट-फूट कर रोने लगे।

"उठिए तो सही। मर्द बनिए दोस्त.........अरे मर जाते तो सुकून था पर मरे तो नहीं ना। बाबा चाहते है कि हम जीएं.......। आइए यहाँ से निकलते हैं। यहाँ मौसम फिर खराब हो रहा है। देखिए कुछ लोग भी नीचे निकल रहे हैं........ चलिए...........।"

"मैं कहीं नहीं जाऊंगा....बंधू......मैं यहीं प्राण त्यागूँगा......मंदिर में.........। आप जाओ।"

"मैं आपको छोड़कर नहीं जा सकता। अरे मरने का शौक है तो कोशिश करते हुए मरो ना। यहाँ बैठकर क्या अगले कीचड़ का इंतजार करोगे या अगले बाढ़ का। भाई एक भी दुकान नहीं बची, खाओगे क्या?? आज अभी उजाला है.........चलो नीचे..........चौदह-पंद्रह किलामीटर उतरना ही तो है....चलो उठो।"

शिवानंद जी के पास विरोध करने का सामर्थ्य भी नहीं था। फिर बात भी सच थी, यहाँ तो कुछ भी नहीं बचा था, बस कीचड़, लाशें.......। शाम भी होगी और रात भी.....कैसे काटेंगे। दिन का ही सहारा है अगर निकल सके तो। उन्होनें उठकर मंदिर में सिर झुकाया "बाबा, बस तेरा सहारा है। कृपा रखना प्रभु......।" और नीचे पड़े बिस्कुट के आधे खुले पैकेट को उठा लिया।

"बंधू आप इसे रख लो.......खा लेना।"

"आप रखो दोनो खाएंगे........।"

"नहीं......आपका परिवार है पीछे.........आपका बचना ज्यादा जरुरी है। मेरा तो कुछ खास ऐसा है नहीं। अगर ना पहुँच पाऊँ तो भी चलेगा......। दर्शन हो गए.....आपका साथ मिला.........काफी है।"

"चलिए आप चुपचाप......। कुछ नहीं होगा.....। उधर देखिए.....मलवा कम है, उधर से निकलते है......संभलकर..........।"

केदारनाथ की उबड़-खाबड़ पहाड़ियों में मलबे की वजह से अलग रास्ते बन गए थे। कुछ पतली पगडंडियाँ, जिनके ऊपर का मलबा खिसक कर नीचे चला गया था। अग्रवाल जी के साथ कुछ और लोग भी जुड़ गए। सब एक किनारे की पगडंडी पकड़ कर धीरे-धीरे नीचे उतरने लगे। पहले रफ्तार थोड़ी ठीक थी पर फिसलन के साथ-साथ फिर से बूंदा-बांदी शुरु हो गयी। कुछ लोग दूसरी तरफ से भी नीचे की ओर निकल पड़े। कहीं-कहीं लाशें भी दिखी, कहीं-कहीं सिर्फ मलबे से ऊपर झांकते हाथ-पैर.....। जैसे-जैसे पहाडी से नीचे खिसकते रहे, बरसात भी तेज होती रही।

"इस बारिश में चलना मुश्किल है।" भीड़ से किसी ने कहा।

"रुकना मत! ये भू-स्खलन फिर होगा.......। चलते रहो। एक बार जंगल का इलाका आएगा तब पेड़ के पास रुकेंगें।" अग्रवाल जी की नजर लगभग ५00 मीटर दूर पेड़ों पर थी। रास्ते के दोनो ओर से जंगल भी मलबे से क्षतिग्रस्त हुए थे, पर इतने नहीं। हाँ रास्ता जो आते समय पाँच मीटर संकरा था और काफी चौड़ा हो गया था।

"इनकी तबियत ठीक नहीं लग रही। इन्हें बुखार हो रहा है।" भीड़ में से एक आवाज आयी।

“हम रुक नहीं सकते.......थोड़ी दूर और चल लो, फिर रुक पाएंगे।” बिना मुड़े अग्रवाल जी ने कहा।

“इन्होनें कुछ खाया भी नहीं है, ये नहीं चल पा रहे है।” भीड़ में से फिर आवाज आयी। वैसे तो अग्रवाल जी अपने आपको सबसे व्यावहारिक समझदार इंसान समझते थे और ऐसी परिस्थिति में पहले मैं के सिद्धांत वाले थे। पर आज वो इस डरे हुए झुंड के अघोषित नेता थे। वो पीछे मुड़े। एक महिला थी जो अपने पति को नीचे बैठा रही थी।

“आप ये खा लो” अग्रवाल जी ने जेब से बिस्कुट का आधा पैकेट निकाल दिया।

“इसे खा लो पर चलते रहो। थोडी दूर पर ही जंगल शुरु हो जाएगा। वहाँ जरुर कुछ ना कुछ मिल जाएगा।” उनके मन में घोड़े वाले की बात गूंजती रही- जंगल में सब इंतजाम हैं.....।

आधे घंटे के सफर के बाद इन बीस लोगों का झुंड पेड़ और जंगल के पास पहुँच गया। जंगल के अंदर ऊँचाई थी, जहाँ मलबा नहीं आया, पर जो रास्ता नीचे दिख रहा था- दूर तक.....वहाँ कुछ भी नहीं था।

“मैं और नहीं चल सकती। इनकी तबियत बिगड़ रही है।” पीछे आ रही महिला ने अपने पति को नीचे बिठा दिया। उसका बुखार ज्यादा था और जंगल में टपकता पानी उसकी तबियत और खराब कर रहा था। अग्रवाल जी ने उसे मुड़ कर देखा, और फिर ऊपर केदारनाथ की ओर। अभी तो थोड़ी ही दूरी तय हुई थी। नीचे देखने पर कुछ नजर नहीं आया। कीचड़ ने एक टेढ़ा सा जंगली रास्ता छोड़ा था, जो पता नहीं कब नीचे गांव तक पहूँचेगा।

“हमें आगे बढ़ना चाहिए।” अग्रवाल जी ने पास खड़े लोगों से कहा।

“पर ये.......” शिवानंद जी बोले।

“जो चल नहीं पाए, उसे छोड़ना होगा। नहीं तो सारे मरेंगे।” अग्रवाल जी ने सामने देख कर कहा। सामने, शायद दूर कहीं जिंदगी हो.....।

भीड़ में हर कोई अपनी जान की चिंता में था। अग्रवाल जी की बात से सहमत होने में किसी को भी समय नहीं लगा। बस वो औरत ही बैठी थी, अपने बीमार साथी के साथ।

"हम इन्हें उधर ऊँचाई पर बैठा दें......." शिवानंद जी को इस तरह जाना उचित नहीं लगा। थोड़ी दूर पर ही टीला सा बना हुआ था, वहाँ शायद ज्यादा महफूज रहेंगे।

"आपको चलना है तो चलिए। शाम से पहले नहीं पहुँचे, तो रात नहीं झेल पाएंगे" अग्रवाल जी ने उनका हाथ पकड़ कर खींचा।

शाम तक चलते हुए, भूखे प्यासे लोगों की भीड़ हताश और निराश थी। जंगल न तो खत्म होता दिख रहा था, न ही कोई गांव की हलचल दिखी। पहले तो हर दस कदम पर कोई इस उम्मीद में आवाजे लगा रहा था कि कोई सुन ले, पर अब शाम होने वाली थी। आवाजें थक गयी, कदम भी थक गए और हिम्मत भी। हताश लोगों को व्यवस्थित रखना मुश्किल होता है। हर कोई अलग-अलग दिशा में बढ़ने की कोशिश करने लगा। जिसके दिल ने जिधर जिंदगी की उम्मीद देखी, वो उधर मुड़ गया।

"बंधू, लगता है हम नहीं पहुँच पाएंगे।" शिवानंद जी ने बुझी आवाज मे कहा।

"पता नहीं.......। हम शायद जंगल में भटक गए हैं। मुझे नहीं लगता कि मैं इस जंगल में वापिस घर जा पाऊँगा।" अग्रवाल जी की आवाज थक चुकी थी। हर तरफ ऐसी अफरा तफरी थी जैसी हिरणों के झुंड़ में होती है, जब उन्हें लगता है कि शेर आएगा। ऐसा ही अनुभव था, रात होगी और अनजान तरीकों से मौत आएगी। भूख आएगी, ठंड होगी.........।

"मैं नहीं डरूँगा मौत से। मरना है तो भागना कैसा। इधर ही मरूँगा।" शिवानंद जी चिल्ला उठे।

"नहीं भाई। जब तक साँस है, आस रखनी चाहिए। जंगल में इंतजाम होएगा। सब साथ रहेंगे तो बचे रहेंगे।" अग्रवाल जी के पास उन्हें रोकने का तर्क नहीं था, पर अपने दोस्त के साथ रहने से उम्मीद बनी रहती।

"बंधू आप जाओ......आप हाथ पैर मारो। अरे इधर देखो हर तरफ जंगल है, ऊपर नीचे हर तरफ......। ऊपर से बारिश भी......। हम लोग बच नहीं सकते। मंदिर में आरती गाते रहे तो बाढ़ से बच गए। ये बाबा की जमीन है, सिर्फ वही

बचा सकते हैं। हमारे-तुम्हारे चाहने से कुछ नहीं होता। मुझे लगता है कि नीचे आकर गलती कर दी। नहीं ऊपर मंदिर में ही रहना था।"

"मूर्ख मत बनो। बाबा ने जो करना था, कर चुके। बिना दोष, बिना वजह सब तिनकों की तरह बह गए........जमीन में जिन्दा दफन हा गए......। फिर भी तुम्हारी अंधी भक्ति मरी नहीं। अकल लगाओ........वहाँ कुछ नहीं बचा........। जंगल में फिर भी उम्मीद है। कुछ खाने-पीने का मिल जाएगा। साथ रहो मेरे भाई।" अग्रवाल जी ही बातों में गुस्सा, दुख और आग्रह तीनों था।

"बाबा........मैं आ रहा हूँ। बाबा, वहीं रहूँगा, तुम चाहोगे तो वहीं मरुँगा।"

शिवानंद जी चिल्लाकर वापिस भागे। कुछ लोग पहले ही अलग हो चुके थे। अग्रवाल जी हताशा से अपने साथी को दूर जाते देखते रहे। वैसे भी मूर्खता मुसीबत के वक्त में वरदान होती है। जितना डर मौत की पहाड़ी की ओर दौड़ते हुए शिवानंद जी को हो रहा था, उससे कई गुणा ज्यादा समझदार अग्रवाल जी को था। अग्रवाल जी हिम्मत जुटा कर ढलान की ओर चल पड़े। मन में सोचते हुए कि मरना है तो भी कोशिश करते हुए.........। शायद आगे गांव वाले मिल जाएं। अभी शाम शुरु ही हुई थी। अगले दो घंटे तो चला जा सकता था। उन्होनें हाथ बढ़ा कर कुछ पत्तियां तोड़ ली। गीली पत्तियाँ, पता नहीं किस पेड़ की और उसे चबा लिया। कुछ तो क्षुधा शांत होगी। ऊपर से टपकती बूंदो ने जंगल को फिसलन भरा कर दिया था। अग्रवाल जी का अगला कदम जहाँ पड़ा, वहाँ की पत्तियाँ फिसल गयी। वो नीचे लुढ़कते चले गए। चीखने की ताकत बची नहीं थी, होश भी खुद-ब खुद गायब हो गया।

दादरी में आज दुकान बंद हुए पाँच दिन हो चुका था। घर पर मातम का माहौल। कोई ना कोई हर आधे घंटे में अग्रवाल जी के मोबाइल पर बात करने की उम्मीद में बटन दबा रहा था, पर जवाब एक ही आता था- उपलब्ध नहीं है। सामने टीवी पर सबकी आँखें चिपकी हुई थी। लगातार खबरें आ रही थी। केदारनाथ के आसपास के कई गांव भी उसी बारिश, बाढ़ और मलबे की चपेट में आकर भूपटल से गायब हो चुके थे। रामबाड़ा, गौरीकुंड़, चंदापूरा और पता नहीं कितने गांव अपनी अच्छी खासी जमीन और आबादी खो चुके थे। टीवी पर पूरे देश से लोगों की फोटो आ रही थी, जो उस समय केदारनाथ के लिए गए हुए थे। घर में सज्जन दिल्ली जाने की तैयारी में लगा था।

"हमें भी पिताजी की फोटो भेज देनी चाहिए।" अर्नव ने धीरे से कहा। घर में कहीं ना कहीं यह हवा भी थी कि अर्नव से परेशान होकर ही अग्रवाल जी केदारनाथ की तरफ गए थे। वैसे तो यह अपराधबोध सज्जन को भी था।

"उससे कुछ नहीं होना। ये तो चैनल वालों की अपनी टी आर पी के लिए है। वहाँ गाँव तो बचे नहीं, टीवी क्या खाक चल रहा होगा। मैं दिल्ली जा रहा हूँ, वहाँ से देखता हूँ - क्या बनता है।" सज्जन ने झल्ला कर कहा। एक तो पिता की खबर नहीं ऊपर से कुछ न कर पाने की मजबूरी। "होगा तो मैं वहीं से निकलूँगा देहरादून के लिए.........फोन पर बता दूँगा।"

मंगल प्रधान जी विधायक के खास थे। विधायक तो मिले नहीं पर मंगल और सज्जन दिल्ली की तरफ चल पड़े। वहाँ आपदा प्रबंधन टीम की मीटिंग थी, जिसमें क्या कुछ किया जा रहा है, और क्या किया जा सकता है, इस पर चर्चा होनी थी। सज्जन ने पूरे रास्ते पूछने की कोशिश की कि क्या चल रहा है, पर मंगल इन सब से अनभिज्ञ थे। दोपहर बाद दोनो एक आफिस में बैठे थे। अंदर के कमरे में वार्ता हो रही थी। उत्तराखंड के सचिव स्तर के लोग, फौज के

लोग, दिल्ली से कई लोग, सब अंदर थे। मंगल जी सज्जन को बाहर बिठा कर अंदर चले गए। कहा कि मींटिग के बाद आकर सब बताएंगे। सज्जन की तरह वहाँ और भी कई लोग बैठे थे। उसे ऐसा महसूस हुआ मानो धोखा हो गया है। उसे उम्मीद थी कि वो मींटिग का हिस्सा होगा, लोगो को पिताजी की फोटो दिखलाएगा, उनसे व्यक्तिगत ध्यान रखने का भरोसा लेगा। पर फिर मन में ये भी लग रहा था कि चलो कोई बात नहीं। शायद बाद में बात हो पाए।

लगभग दो घंटे के बाद तीन लोग बाहर आए और उन्होनें सबको बताना शुरु किया। पत्रकारों की हुजूम आगे था। सज्जन बाकि लोगों की तरह पीछे होता चला गया।

"केदारनाथ और आस-पास की जो प्राकृतिक आपदा आई है, उस पर आज की मींटिग थी। वहाँ के बारे में जो जानकारी हमारे पास आधिकारिक रुप से है, वो आपको बताना चाहेंगे। सरकारी आंकड़ो के हिसाब से लगभग पंद्रह हजार श्रधालू उस रास्ते पर हैं जो अलग अलग हैं। जो लोग गौरीकुंड, अगस्तमुनि, रामबाण और उससे ऊपर के रास्ते पर थे, उन पर सबसे ज्यादा आपदा का असर हुआ हैं। उस रास्ते पर अभी पहुँचना मुमकिन नहीं हो सका है। देहरादून, ऋषिकेश और हरिद्वार, इन जगहों पर बाकि यात्रियों को वापिस लाया जा रहा है। देहरादून में हेलिकाप्टर का इंतजाम है जो मौसम के ठीक होते ही लोगों को निकालने के काम में लग जाएगें। इस बीच डाक्टर, दवाईयाँ और खाने -पीने का सामान पहुँचाने की कोशिश चल रही है।"

"अभी वहाँ का क्या हाल है?" एक पत्रकार ने पूछा

"जैसा कि मैने पहले भी बताया है, वहाँ कि सटीक जानकारी नहीं है। वहाँ के जान माल का अंदाजन नुकसान पता है। अभी तक की जानकारी में लगभग पाँच सौ लोगों की जानें जाने की संभावना है। बाकि एक बार बचाव दल वहाँ पहुँच जाए, तभी पता चलेगा।"

"अगर मौसम खराब रहा तो"

"कुछ बटालियन और बचाव दल रोड से भी चल चुके हैं। देखिए, वहाँ की बाढ़ और तबाही में रोड़ भी नहीं बची है। एक सुरक्षित रास्ता ढूंढ कर ही आगे बढ़ सकते हैं। बाकि जंगलों की तरफ से भी हमारी टीम ऊपर पहुँचने की कोशिश कर रही हैं।"

"इस आपदा की वजह.........। क्या पहले से चेतावनी नहीं दी जा सकती थी?" इस बार दूसरा आदमी माईक के आगे आया।

"देखिए, हिमालय का मौसम काफी अजीब है। वहाँ इसका अध्ययन करने के लिए हमेशा वैज्ञानिक दल भी लगा होता हैं। यह जो आपदा है, इसकी उम्मीद नहीं थी। केदारनाथ से लगभग 2 किलोमीटर ऊपर चारबाग ग्लेशियर है जहाँ से मंदाकिनी नदी निकलती है। वहाँ पर चारबाग झील भी है जहाँ बर्फ है। वहाँ पंद्रह तारीख से सत्तरह तारीख तक काफी बारिश हुई थी। जो औसतन बारिश से कई गुना ज्यादा थी। अभी तक जो जानकारी मिली है उसके हिसाब से, बादल फटा था, जिससे बाढ़ की स्थिति आ गई। सत्रह को सुबह वो झील की दीवारें टूट गई और लेक ब्रस्ट हो गया, जिससे ये आपदा आई है। इस तरह से झील का टूटना तो पहले से पता कर पाना मुश्किल था।"

वो आदमी वाडिया हिमालयन रिसर्च सेंटर की ओर से मिली जानकारी को बता रहा था। जितने लोग अपनी परिजनों की खबर की उम्मीद में खड़े थे, उन्हें जानकारी के रुप में समस्या का विकराल रुप दिख गया। अब तक सज्जन अपने पिताजी की तलाश के लिए चिंतित था यहाँ उसे धीरे-धीरे अहसास होने लगा कि यह आपदा बड़ी है, बहुत बड़ी। एक आदमी या कुछ आदमियों के तलाश से ज्यादा बड़ी। मंत्री जी की सिफारिश और उसके रसूख से काफी ऊपर...। यहाँ तो वैज्ञानिक और प्राक्रतिक विवरण की बातें हो रही थी, उसमें हर पल अग्रवाल जी का कद छोटा होता जा रहा था। सज्जन का दिल बैठ गया। न तो दादरी का जिक्र हुआ, न किसी की जान-पहचान का.......उसे अपने पिता का साथ छूटना लगने लगा।

सामने मंच पर वाद-विवाद प्रकृति और इंसानी तकरार तक आ गया था। किसी पत्रकार ने इस घटना का दोष वहाँ की बढ़ती आबादी को दिया और सरकार को इस अतिक्रमण को रोकने में विफल तो किसी ने 2004 की हिमालयन आपदा की किसी चेतावनी का जिक्र किया। सज्जन पीछे-होता होता बाहर निकल आया और हॉल के बाहर के बेंच पर बैठ गया।

"आपका कौन गया हुआ हैं?" बेंच पर बैठी हुई बूढ़ी औरत ने पूछा।

"मेरे पिताजी......."

"और साथ में....?"

"वो अकेले हैं।"

"क्यों? अरे यह रास्ता तो वैसे भी कठिन है। आप लोगों को उन्हें अकेला नहीं भेजना चाहिए था।"

"उनकी जिद थी.........। वो अकेले ही जाना चाहते थे।"

"ओह हो!! वैसे पता है, कई बूढ़े तो यह सोचकर भी केदारनाथ -बद्रीनाथ जाते है कि आखिरी यात्रा हो। जिंदगी से जब मोह भंग हो जाता है तो उधर जाकर प्राण त्याग देतें है। उनका.........?"

"नहीं, नहीं!! वो तो व्यापारी हैं, दादरी में अपना बिजनेश है। वो तो काफी घरेलू आदमी हैं।" सज्जन ने झल्लाकर कहा। साथ बैठी औरत चुप हो गयी पर सज्जन के दिमाग पर सवाल छोड़ गयी। पिताजी बार बार अकेले जाने की जिद कर तो रहे थे। दिमाग ने तेजी से सोचना शुरु कर दिया। उनका सज्जन को मना करना, मोबाइल का ना मिलना, सबको दादरी वापिस भेजना। दिमाग थोड़ा और पीछे चला- दुकान का बंटवारा, सज्जन को अलग घर.......सब। सज्जन अपने विचारों में डूबता चला गया।

"चलें भाई" मंगल जी उसे ढूंढते हुए आ गए। "देख लिया क्या कुछ चल रहा है। बस अब दुआ करो कि बाऊजी ठीक हों।"

तेज झनझनाती आवाज हुई तो अग्रवाल जी ने अपनी आँखें खोली। बगल में किसी ने स्टील का कोई बरतन पटका था। आँखें खोल कर भी कुछ साफ नजर नहीं आ रहा था, उन्होनें फिर से आँखें बंद कर ली। थकान इतनी थी कि आँखें खोलने की भी हिम्मत नहीं बची थी और बेइतहा कमजोरी। पर दिमाग बेहोशी से बाहर आ रहा था।

"दिमाग में कूड़ा है तुम्हारे। एक तो इसको पालो अब ऊपर से मेहमान भी आया है। अरे पगला गए हो क्या? तुम्हारे बाप ने नहीं जोड़े हैं ये घर के सामान.....।" बरतन पटकते हुए एक स्त्री कर भारी आवाज गूंजी। अग्रवाल जी ने काफी मेहनत करके पलकें थोड़ी सी खोल ली। शाम के अंधियारे में, झोपड़ी के अंदर एक औरत अपने पति को गालियां दे रही थी। एक छोटा सा बच्चा, लगभग सात- आठ महीने का, कोने में लेटा हुआ था।

"तुम चुप करो। मेरे बाप ने नहीं दिया तो क्या तुम्हारे बाप ने दिया है। दिमाग ठीक करो अपना। मेरा घर है ये, मैं मालिक हूँ घर का। मैं जिसको चाहूँ लाऊँ, जिसको चाहूँ रखूँ। तू कौन है बोलने वाली। फिर मैं कौन सी लुगाई ले आया हूँ ......" आदमी की आवाज से पता लग रहा था कि थोड़ा नशा चढ़ा है।

"मैं कौन हूँ? मैं कौन हूँ? अरे शर्म नहीं आती तुझे। धेला तो कमा नहीं सकता। पूरे दिन का जो भीख जोड़ता है, उससे ज्यादा तो पी जाता है। अरे तेरा दाना -पानी भी मेरे पैसे से चल रहा है। और मुझसे.........मुझसे पूछता है। मुझे आँख दिखाता है। ठहर अभी...." वो औरत तेजी से उस आदमी की तरफ बढ़ी। तभी कोने में लेटा हुआ बच्चा चित्कार मारकर रोने लगा। औरत ने बच्चे की तरफ सिर घुमाया, "रुक जा मेरे बच्चे, रुक जा।" और आगे बढ़कर उसने आदमी को धक्के देकर घर से बाहर कर दिया। दरवाजे के पास जाकर वो आदमी गिर पड़ा। औरत ने अंदर से दरवाजा बंद कर दिया।

जोगिन्दर और ममता की यह रोज की कहानी थी। जोगिन्दर पहले जड़ी-बूटियों का धंधा करता था। पहाड़ो से अजीब -अजीब सी बूटीयाँ लाना और सैलानियों को बेच देता। पर एक दिन पुलिस ने पकड़ लिया। उस दिन उसे जेल में डंडे मिले और यह ज्ञान भी कि ये जड़ी-बूटीयाँ ऐसे ही नहीं बेची जा सकती है। यह देश की संपत्ति है। फिर वो गाइड बन गया। लोगों को अजीब रास्तों से पहाड़ पर घुमाता....। पर वह काम भी छूट गया। पर जब काम ठीक चल रहा था तभी एक बंगाली लड़की ममता से शादी कर ली। ममता नौकरानी थी। वक्त अपनी रफ्तार से रंग बदलता रहा और जोगिन्दर के पास से काम व खुशियाँ चली गयी, गृहस्थी और शराब ने डेरा डाल लिया। अब ममता आसपास के घरों में काम करती है और लगभग घर का सारा काम करती है। घर में दो बच्चे भी थे, एक लड़की जो पिछले साल ही बीमारी में गुजर गई। तब से ममता के लिए जोगिन्दर एक बोझ ही था, जो भीख माँगता और शाम में शराब पीकर सो जाता था।

ममता ने जोर से दरवाजा बंद किया और कुंडी चढ़ा दी, "मर बाहर।"

"तुम मुझे घर से नहीं निकाल सकती हो। आज नया आदमी घर में मिल गया, अपने पति को धक्का दे दिया.....तुम चरित्रहीन हो।" बाहर से जोगिन्दर की लड़खड़ाती आवाज आई।

"हाँ.....अब इसी के साथ रहूँगी। तुम बाहर ही रहो..........मर साले.........।" ममता ने बच्चे को गोद में उठाते हुए कहा। अग्रवाल जी ने डर से आँखें बंद कर ली।

जब आँखें दुबारा खोली तो सामने बैठी ममता अपने बच्चे को दूध पिला रही थी। साथ ही साथ बड़बड़ा रही थी। सबको गालियाँ, पति को, दुनिया को और सामने पड़े इंसान को भी। पर इस बार अग्रवाल जी की खुली आँखें ममता ने देख ली।

"उठो ओ बाबा, उठो! अब क्या यहीं मरोगे। उठ जा भाई।"

अग्रवाल जी भी उठ कर भाग जाना चाहते थे, पर इतनी हिम्मत नहीं बची थी। भगवा कुर्ते में, दाढ़ी-मूँछ बढ़ी हुई, कमजोर और बीमार से अग्रवाल जी। वो लेटे लेटे ही बोले "नमस्ते"

"नमस्ते?? अरे वाह!! मेरे शराबी पति को बड़ा संस्कारी बाबा मिला है। ओ बाबा, यहाँ हम तेरे समधी नहीं हो रहे है! ये नमस्ते -वमस्ते अपने पास ही रख। कहाँ मर रहे थे जो जोगी को मिल गए।" ममता ने हाथ बढ़ा कर एक कटोरी आगे सरका दी। उसमें चाय थी, जो शायद अग्रवाल जी के लिए ही बनाई गयी थी।

प्यास, भूख और कमजोरी ने अग्रवाल जी को अजीब सी बातों से होने वाले दुख से बचा लिया वो चुपचाप बैठे और चाय पी ली। गर्म चाय काफी अच्छी थी, अपने घर और दुकान की चाय से भी बेहतर।

"कुछ बोलोगे?? कौन हो, कहाँ मर रहे थे, क्यों मर रहे थे.......अरे कुछ तो बताओ।" ममता चीखी।

"केदार....नाथ" अग्रवाल जी ने धीरे से कहा। इससे ज्यादा एक साँस में बोलने की ताकत नहीं बची थी।

"हूँ ....बाढ़ में बहे नहीं!! चलो जान बच गई शुक्र मनाओ।" ममता उठकर दरवाजे की तरफ गयी। दरवाजा खोला और आवाज दी "अंदर आ जा, बाहर अंधेरे में कुत्ते-भेड़िए खा जाएंगे।"

लड़खड़ाता हुआ जोगिन्दर अंदर आ गया। घर में किसकी चलती है यह सबको पता चल गया था, उन दोनो को तो रोज ही दिखता था, अग्रवाल जी को भी ममता ज्यादा खतरनाक महसूस हुई।

"क्या करें इसका?" ममता ने बच्चे को कोने में लिटाते हुए पूछा। जोगिन्दर आकर अग्रवाल जी के बगल में बैठ गया था।

"इसे कुछ खाना भी दे दो।" वो बोला।

"क्यों तेरा जमाई है? बना दी है खिचड़ी, अभी दूंगी।" ममता ने खीझकर बोला। यह शायद सामान्य खीझ थी।

"इसको छोड़ आ जहाँ से लाया है।"

"अरे नहीं। ये मेरे साथ रहेगा, मेरे साथ बैठेगा। मैं इसे अपने धंधे में पार्टनर बनाऊँगा।" जोगिन्दर ने अग्रवाल जी के कंधे पर हाथ रखकर कहा। चाय खत्म हो चुकी थी, अग्रवाल जी लेट गए।

"अच्छा है। तेरी शक्ल पर तो भीख भी नहीं मिलती, ये कम से कम साधु दिखता तो है। मैं तो क्या कहती हूँ, इसका एक हाथ या एक पैर काट दे, या फिर इसे अंधा कर दे- फिर न तो ये भागेगा और भीख भी ज्यादा आएगी।" ममता हँसी। अग्रवाल जी कुछ सोच तो नहीं पाए, डर से उन्होंने आँखें बंद कर ली।

अग्रवाल जी की आँखें खुली तो सामने ममता और जोगिंदर बहस कर रहे थे। वो आँखें बंद करके लेटे रहे। जोगिंदर चाहता था कि उन्हें उठा कर अपने साथ ले जाए और ममता उसे मना कर रही थी।

"तो यहाँ बैठकर क्या करेगा बाबा? अरे मेरे साथ चल लेगा, मंदिर के आगे टिक के बैठ जाएगा तो कुछ पैसे आ जाएंगे। और यहाँ काम ही क्या है?"

"अरे कहाँ चलेगा ये तीन किलोमीटर तेरे साथ? रास्ते में मर जाएगा। और इसे ठीक से होश आए, थोड़ी तबीयत ठीक हो तो रफा-दफा कर। तुझे बड़ा साथ चाहिए बाबा का? इसे लेकर आना ही नहीं था, वहीं, थाने में छोड़ आता।" ममता ने चिल्लाते हुए कहा।

"अरे मुझे लगा कि मदद भी हो जाएगी और मेरे साथ काम भी कर लेगा। वेश-भूषा से लगता तो गरीब सा ही है।"

"अमीर होता तो क्या तेरे को हीरे-जवाहरात दे देता। तू पागल हो रहा है जोगी। ऐसे उठा लाया-ये भी गलत और अब पालेगा इसे। अरे कुत्ता पालते हैं लोग, तू बूढ़ा पालेगा। तेरा अपना खर्चा तो निभ नहीं पाता........ऊपर से एक और मानस.........।"

"अरे खर्चा नहीं लगेगा ना। यही तो कह रहा हूँ - मेरे साथ पैसे कमाएगा। हाँ जब घर जाने का कुछ बना तो भेज देंगे.........। कहाँ जाएगा अभी..? और जंगल में कैसे छोड़ता कुत्ते, भेड़िए खा जाते इसे.........। चलो इसे उठा दो......फिर पूछते है कि क्या करेगा?"

"अरे करेगा क्या? शक्ल देख इसकी। जोगी- ये यहीं पड़ा रहेगा अब। घर-बार होगा नहीं....मरने आ गया होगा केदारनाथ। तू जा, मैं आज- आज इसको इसको इधर ही रखती हूँ - कल से ले जाना....।"

"ठीक है" जोगिंदर ने अपना फटा हुआ थैला उठा लिया। "खाना-वाना पूछ लेना इससे.....।"

"हाँ पूछ लूँगी। तेरा बड़ा बाप लग रहा है। निकल यहाँ से" ममता ने खीझ कर कहा। जोगिन्दर जाते-जाते दरवाजा जोर से मार गया। अग्रवाल जी के मन में भी अजीब सा शोर होने लगा। उनक दिमाग ने कहा कि चलो एक तो इन्होनें अपहरण नहीं कर रखा, दूसरा इन्हें पता नहीं कि वो कितने धनी है........वरना फिर मांगने का सिलसिला शुरु हो जाता। उन्होनें आँखें खोली और उठकर बैठ गए। कमजोरी अभी भी थी और थकान भी। पर अब दिमाग होश में था।

"खुल गई नींद!! बाबा उठो दिन हो गया। बीबी नहीं हूँ मैं तेरी कि बिस्तर पर गर्म चाय लाकर दूंगी" ममता की आवाज गूंजी।

"मैं अपने घर जाना चाहता हूँ।" अग्रवाल जी ने धीरे से कहा।

"क्या घर है तेरे पास? मुझे तो लगा कि तू बेघर सन्यासी है......." ममता हँसी।

"जा भाई..........जहाँ मर्जी जा।"

"फोन होगा क्या आसपास कहीं........" अग्रवाल जी ने इधर-उधर नजर दौड़ाई और तब "आसपास- कहीं" शब्द बोले। घर की हालत बता रही थी कि यहाँ फोन नहीं है।

"सारी टेलिफोन की लाइनें टूट गई बाढ़ में..........बिजली भी गुल, फोन भी गुल......"

"मोबाइल....?!"

ममता ने हाथ में पकड़ा हुआ बरतन नीचे रखा और नजदीक आ गई।

"मोबाइल..........मेरे पास है। पर इससे फ्री में फोन करने नहीं मिलेगा। पैसे हैं तेरे पास?"

"मैं बाद में दे दूँगा" अग्रवाल जी ने झिझकते हुए कहा।

"हा हा.....बाबा, तुम भी सीरियस हो गए हो, ये लो मोबाइल" ममता ने अपना हाथ डाल कर कुर्ते के अंदर से छिपा हुआ मोबाइल निकाल कर दिया।

अग्रवाल जी ने अभी तक किसी को भी ब्लाउज के अंदर मोबाइल रखते नहीं देखा था, वो मुस्कुरा उठे।

"क्या है बाबा?" ममता घूरी।

"कुछ नहीं। दिल के पास मोबाइल नहीं रखना चाहिए। दिल का दौरा पड़ सकता है। मुझे किसी ने बताया था।"

"ये गायब हो गया ना तो वैसे ही दौरा पड़ जाएगा मुझे। तू मेरी चिंता ना कर। फोन कर ले घर। बस पता बताना, गप्पें न हाँकने लगना.....।"

मोबाइल हाथ में लेकर अग्रवाल जी को पता चला कि उन्हें किसी का भी नम्बर याद तो है नहीं। अपने फोन में तो नाम से नम्बर जमा थे........अब। दिमाग पर काफी जोर डालने पर भी कुछ नहीं मिला। अपने पुराने हो रहे यादाश्त की लाचारी उनकी आँखों से बह निकली। उन्होनें फोन ममता को वापिस दे दिया।

"क्या हुआ? मुझे पता है, तेरे बेटों ने तुझे कब का निकाल रखा होगा घर से। अरे अब कैसे फोन करोगे? और कौन-सा वो तुम्हारा फोन उठा लेंगे? खैर मुझे क्या?"

अग्रवाल जी थोड़ी देर शून्य में देखते रहे। फिर ख्याल आया कि बाहर शायद दादरी का कोई भी नम्बर मिल जाए, शायद अखबार में, टीवी में.. तो काम बन जाए। वो घर से बाहर की तरफ बढ़ गए "मैं बाहर जा रहा हूँ .....।"

"बढ़िया है" ममता की चिढ़ी हुई आवाज आई।

बाहर यह कस्बा छोटा सा था। मुश्किल से तीस-चालीस घर होंगे.....वो भी टूटे फूटे। ना ढंग का रास्ता, ना पढ़े-लिखे दिखने वाले लोग। अग्रवाल जी बची खुची ताकत के साथ इधर-उधर घूमते रहे, पर कुछ नजर नहीं आया। वो थक कर वापिस घर पर आ गए।

"बाबा, अब ड्रामे छोड़ और चुपचाप बैठ जा। कोई ना ढूंढ रहा तुझे बाहर। एक पागल है यहाँ-जोगी, जो तुझे उठा लाया। पर ध्यान रखना, तू मेहमान नहीं है हमारा। दामाद नहीं है, जो बैठ के पकवान खाएगा। यहाँ रहना है तो काम करना पड़ेगा। नहीं तो अभी निकल ले।"

अग्रवाल जी के पास न तो कहीं जाने का रास्ता था, न ही उपाय। ऊपर से ममता की चीख पुकार ने उनके बचे-खुचे आत्म विश्वास को भी कुचल दिया था। हर तरफ अंधेरा देखकर उन्हें इसी घर की रोशनी ज्यादा लगी। "कहाँ जाऊँगा?...." उन्होनें हताश होकर कहा।

अग्रवाल जी के चेहरे पर अजीब सा दर्द उभर आया और साथ ही मुस्कुराहट भी। ममता ने उन्हें मटर छीलने के काम में लगा रखा था। जब भी घर मे उनकी धर्मपत्नी मटर छीलती थी उसे काम में नहीं गिनती थी। जैसे कि टीवी देखते हुए छील लिए या बातें करते हुए। बच्चों को पढ़ाते हुए भी उसके हाथ चलते रहते थे। अग्रवाल जी को यह काम, काम नहीं लगता था। पहले, जब बच्चे छोटे थे, धंधा छोटा था, शहर छोटा था और अग्रवाल जी भी बड़े आदमी नहीं हुए थे, तब वो अपनी पत्नी को अक्सर टोका करते कि यह क्या दिन भर कुछ-कुछ हाथ चलाती रहती हो? या तो बातें कर लो या मटर छील लो। ऐसा लगता है कि तुम्हारा ध्यान मटर पर है, मेरी बातों पर नहीं। पर हर बार पत्नी एक ही बात बोलती कि इसमें दिमाग की जरुरत ही नहीं पड़ती है। फिर वक्त बदला तो बातें कम होने लगी। पत्नी भी कभी मटर कभी स्वेटर पर हाथ चलाती रही। आज जब सामने पहला घरेलू काम आया-मटर छीलना तो उन्हें पुराने दिन याद आ गए। और यह भी अहसास हो गया कि इसमें दिमाग लगता है। यह इतना आसान भी नहीं। वो लम्बी साँस छोड़कर काम में लग गए।

"बाबा, देख वो लल्ला उठ गया क्या?" बिना मुड़े ममता ने आवाज दी। वो चुल्हे पर कुछ बना रही थी। लल्ला -यानि उसका बेटा, जो नीचे दरी पर सोया था, अब अंगड़ाईयाँ लेने लगा था।

"हाँ शायद.........।"

"शायद??" ममता बड़बड़ाती हुई आ गई, "तू मटर छोड़, उधर रोटी देख ले। मैं इसे दूध पीला देती हूँ।"

"रोटी??" अग्रवाल जी को रोटी के बारे में सिर्फ एक ही चीज पता थी कि इसे खाना होता है। रोटी को बनाना या बनते देखना उनके पाठयक्रम में कभी आया ही नहीं था।

"इसमें आने का क्या है? तवे पर चढ़ी है, उसे हर मिनट उलट-पुलट कर देना। तुम भी ना! पता है तुम्हारे जैसे बूढ़े घर पर बोझ होते हैं। रोटी बनानी नहीं आती, मटर छीलना नहीं आता, कपड़े धोने, झाड़ू -पोंछा कुछ नहीं आता.....। अरे फिर क्यों रखें तुम्हारे बच्चे तुम्हें.......?? मतलब जवानी में सीखना है नहीं और बुढ़ापे में कह देना कि मुझे नहीं आता..........."

"पलट दी......." अग्रवाल जी ने चीख पुकार के बीच में आवाज दी, "हो गई है........।"

"तो बेल दे दूसरी........आटा वहीं है।"

अग्रवाल जी ने आटे को देखा और दूर ममता को। जितना चिपचिपा आटा था उससे कई गुना ज्यादा हानिकारक ममता की बातें थी। "आप बताते जाओ, मैं बनाने की कोशिश करता हूँ।"

टेढ़ी- अधजली ही सही, अग्रवाल जी ने पहली बार रोटियां बनाई, उसे खाया और घर को याद किया। साथ ही मन में यह भी निश्चय किया कि कल से जोगिंदर के साथ ही जाएँगे........जो भी हो, यहाँ से बेहतर ही होगा।

जिंदगी में कोई ऐसा कानून या नियम नहीं चलता जो अटल हो। कौन सी परिस्थिति किस तरह इंसान को मोड़ देगी, कहना कठिन है। हम हमेशा भविष्य पर अपने अधिकार की कोशिश करते है, उसके लिए जतन करते हैं पर सच तो यह है कि प्रकृति का अंदाजा लगा पाना भी कठिन है। अग्रवाल जी की जिंदगी का नया अध्याय शुरु हो गया था। घर, दुकान और घरवालों से दूर, एक नए घर के कोने में जिंदगी अपने नए रंग में रंग रही थी। उनके रक्षक, या फिर घर के मालिक मियाँ-बीवी ने सुबह -सुबह उनको उठा दिया था। "गंदा दिखना चाहिए, बाबा तेरी शादी नहीं करवा रहे हम" यह सुबह-सुबह सीख मिली थी। अब अग्रवाल जी जोगिंदर के साथ साथ पहाड़ी रास्तों पर चढ़ते जा रहे थे। कमजोरी थी, पर कोई और रास्ता नहीं था।

"कहाँ जाना है?" उन्होनें धीरे से जोगिन्दर से पूछा।

"चलते रहो बाबा," जोगिंदर ने बिना पीछे देखे ही जवाब दिया, "अभी थोड़ी दूर है गाँव। वहाँ मंदिर है, भैरो देवता का। उधर चलकर बैठ जाना। जो कुछ मिलेगा, फिर देखेंगे।" भीख मांगने का ख्याल ही अग्रवाल जी के लिए मृत्यु जैसा था। दिल में अजीब- अजीब ख्याल चलते रहे। शायद वहाँ कोई पहचान ले, या वहाँ कोई बचाव दल हो। या फिर सज्जन मंदिर में आया हो। शायद वहाँ से भागने का रास्ता निकलें। पर हर ख्याल एक दीवार से टकरा कर टूट रहे थे। जेब में न तो पैसा था, न ही मोबाइल। पेट में अन्न नहीं, शरीर में भागने की ताकत नहीं। कहाँ हैं, यह पता नहीं।

"बेटे हम लोग किधर है? मतलब यह जगह कौन सी है?"

"नागपाड़ा"

"केदारनाथ से कितनी दूर है?"

“केदारनाथ?” जोगिंदर मुड़ा, “वो तो बहुत दूर है। वो उस तरफ पहाड़ी है, उसके पास”

“अच्छा!!”

“क्यों वापिस वहीं जाना है क्या?” जोगिंदर हँस पड़ा, “कुछ नहीं बचा वहाँ, कुछ भी नहीं और तुम्हारा कौन बचा होगा? वैसे तुम कहाँ के हो?”

“यहाँ का नहीं हूँ। दिल्ली से आगे से हूँ” अग्रवाल जी उदास हो गए। लगा कि दादरी तो समझ नहीं आएगा, शायद दिल्ली से कुछ अंदाजा लगा ले।

“अरे तुम्हें तो हमारा अहसान मानना चाहिए, मैंने बचाया तुम्हे। नहीं तो अब तक भेड़िए खा गए होते। अब तुम्हारा फर्ज बनता है कि हमारी बातें मानो, हमारे साथ काम करो, बोलो करोगे ना?”

अग्रवाल जी ने बिना कुछ सोचे हाँ में सिर हिला दिया।

“अब अपने पुराने घर को भूल जाओ। पता नहीं कोई होगा या नहीं। हम ही तुम्हारा नया परिवार हैं। हमारा खा रहे हो, हमें कमा के दोगे तो सही।”

अग्रवाल जी ने हाँ में सिर हिलाया। पीछे बड़ा परिवार था, जो उन्हें ढूँढ रहा होगा। “मेरे घरवाले हैं पीछे......”

“होंगे!! अगर उन्हें बूढ़े की चिंता होती तो तुम्हें इस उम्र में अकेले थोड़े ही भेजते। जागो बाबा जागो! तुम बोझ थे वहाँ, हट गए, वो, खुश ही होंगे। कौन सा तुम्हें याद कर रहे होंगे।”

अग्रवाल जी ने जवाब नहीं दिया। दोनो धीरे-धीरे उस रास्ते पर चलते रहे। साथ ही अग्रवाल जी के जेहन में घर के ख्याल आते रहे। सज्जन ने कपड़े की दुकान संभाल ली। उसकी दुकान पर एक लड़की आयी है। वो सज्जन से पूछती है कि यहाँ मिलें या कहीं और। सज्जन ने मुस्कुरा कर कहा, “अब कोई दिक्कत नहीं, सारी मुश्किलें खत्म हो गयी हैं। यहाँ आओ या घर, जहाँ तुम्हारा मन करे। अग्रवाल जी ने सिर झटक कर अपने ख्याल को दूर करने की कोशिश की। फिर द्दष्य आया अर्नव का। उसने गहनों की दुकान संभाल ली है। सामने गल्ले के पहले दराज को वो बार-बार खोल कर देख रहा है। उसमें एक लड़की की फोटो है, उसकी अपनी पंसद की लड़की। तभी एक कर्मचारी पूछता है, “बाऊजी चाहते थे कि ऊपर की मंजिल पर हीरे-जवाहरात की दुकान हो जाए। अब आप

बताएं क्या करना है।" सज्जन फिर से दराज खोल कर फोटो देखता है और फिर कहता है, "अरे नहीं। बाऊजी तो पता नहीं क्या -क्या चाहते थे। ऊपर ऑफिस बना दो मेरा। उसमें बेड़, टीवी वगैरा लगवाओ..........." फिर दृष्य बदला-घर का। छत पर खड़ी पत्नी, अपनी सहेली से कहती हुई "हाँ बुरा तो हुआ पर क्या करें। फिर भी सज्जन है, अर्नव है.....मेरी तो पहले भी ज्यादा इन्हीं से बनती थी, वो तो व्यस्त ही थे।" अग्रवाल जी की आँखें गीली हो गई। सामने दूर एक कस्बा था जहाँ का मंदिर नजर आ रहा था। आज से व्यवसाय वहाँ शुरु होना था।

"बाबा, घर वाले क्या करते हैं तुम्हारे?"

"छोटी-मोटी दुकान है।"

"तेरी जान बचाई, हमें थोड़े पैसे देगें क्या? तेरे कहने पर...........लाख, दो लाख......"

"छोटा धंधा है, पता नहीं........" अग्रवाल जी ने नफरत से सामने चल रहे जोगिंदर की तरफ देखा। उसकी पीठ ही दिख रही थी।

"हा हा हा...........फिर तो तू यहीं ठीक है। अच्छा! इधर बिठा के जाऊँगा, बिल्कुल दुखी दिखना है। जो सिक्के मिले, कटोरे में ही रहने देना, पर नोट बोरे के अंदर कर लेना। नोट देखकर लोग सोचते हैं कि इसका आज का इंतजाम हो गया है। और लोग भी अजीब हैं, पूरी खाली कटोरी में भी नहीं डालना चाहते। दो चार सिक्के रखना और कोई आस-पास हो तो कटोरी हिला देना। सिक्के बज जाएंगे -वो खुद ही सिक्कों को बुला लेंगे।" जोगिंदर अपने पाँच सालों का अनुभव बांट रहा था। भीख मांगना भी कला है। गरीबी और जरुरत दोनों का अच्छा प्रदर्शन जरुरी है। "और लोगों से ज्यादा बातें मत करना। बस यही कहना है- दे दो.....कई दिनों से भूखा हूँ.......। यह नहीं कि नमस्ते और हैलो करने लगो। तहजीब जरुरी है........।"

अग्रवाल जी नम आँखों से कुछ -कुछ सुनते रहे और चलते रहे। उनकी अवस्था ऐसी थी कि जैसे किसी जिद्दी बच्चे को अभी-अभी थप्पड़ पड़ा हो और वो चुपचाप पापा की बातें मानने लगा हो। मंदिर आ गया और थोड़ी भीड़ भी। अग्रवाल जी थोड़ी देर क्षेंपते रहे पर फिर सामान्य होकर उस जगह बोरी बिछा ली, जहाँ जोगिन्दर ने इशारा किया। जोगिंदर भी दूसरी तरफ बैठ गया। ज्यादा लोग नहीं थे, पर जो कोई भी आ रहा था, अग्रवाल जी अपनी कटोरी बजा देते।

सामने जोगिंदर भी कटोरी बजा कर आवाजें लगा रहा था, "भैरो कृपा करेंगे। सब दुख दूर हो जाएंगे। भगवान के नाम पर दे दो भैया.........।"

अग्रवाल जी ने भी दुहराया, "भैरो कृपा करेंगे..... सब दुख दूर हो जाएंगे। भगवान के नाम पर दे दो......." और उन्होनें मंदिर की तरफ देखा......पिछली कृपा से अभी उबर नहीं पाए थे। उनको कटोरा बजाना ही उचित लगा।

दिन बीत गया और अग्रवाल जी की कटोरी में कुछ सिक्के जमा हो गए। दोपहर में जोगिंदर ने उन्हें चाय और बिस्कुट भी खिलाए। एक -दो और भी भिखारी थे, उनसे बातें हुई, और फिर से काम। शाम में जब वापिस आ रहे थे तो अग्रवाल जी के चेहरे पर ग्लानि और दुख थोड़े कम हो गए थे। अपनी हैसियत के नकाब से वो निकल चुके थे।

"अरे वाह बाबा! तू तो शक्ल से ही बेचारा दिखता है। देख जोगी देख, इस बाबा को पूरे बीस रुपये मिले हैं।" ममता ने बैग से सिक्के निकाल कर अभी -अभी गिने थे। पूरे दिन की मेहनत के बीस रुपये!! अग्रवाल जी चुपचाप बैठे रहे।

"कितने लोग आ जाते हैं वहाँ लगभग?" ममता ने नीचे बैठे अग्रवाल जी को अपने पैरों से छूकर पूछा। ममता का पुराना रुप, घर में उसका मालिकाना अंदाज अभी तो ताजा ही था। अग्रवाल जी ने धीरे से कहा- "होंगे कोई दो सौ।"

"सौ-दो सौ!! इतने में सिर्फ बीस रुपए!! कहीं तुमने भी तो इस जोगी के साथ सांठ-गांठ नहीं कर ली। चोरी तो नहीं कर रहे-सच बताओं। सच कहो नहीं तो आग में डाल दूँगी।"

इस बार जो पैर अग्रवाल जी को छुआ, वो लगा था। ममता ने गुस्से से अपने हाथ में पकड़ा थैला जमीन पर दे मारा। कोने में पड़ा बच्चा रोने लगा।

"अरे कैसी बेकार की बातें करती हो। ना इसने पैसे लिए ना मैंने चुराए। भाई हम जब पूरे दिन वहीं बैठे थे, कहीं गए नहीं तो फिर।" जोगिंदर ने दलील दी।

"तुम चुप रहो, तुम एक नम्बर के चोर हो। तुम्हारी रग रग से वाकिफ हूँ मैं, इस बाबा से पूछ रही हूँ- बताओ बुढ़े.........दारु तो नहीं पी इस के साथ।"

"हाँ पी तो! मेरा घर है, मेरे पैसे हैं और इस बाबा को मैंने बचाया है। तुम्हें क्या? तुम कौन होती हो पूछने वाली।" जोगिंदर चीखा। अग्रवाल जी के दिल में डर उतर आया। अरे कहाँ पी, कुछ भी नहीं और यहाँ फंसने की नौबत आ रही थी।

"चुप हो जाओ तुम" ममता चीखी। वो उठी और जोगिंदर को बाजू से पकड़ कर दरवाजे के बाहर कर दिया "निकल साले, चोर कहीं का........"

ममता वापस आकर अग्रवाल जी के सामने बैठ गयी। अग्रवाल जी को किसी इंसान से इतना डर कभी नहीं लगा था। वो नजर उठाकर ममता को नहीं देख पाए।

"देखो बाबा। कान खोल के सुन लो। इस घर में रहना है तो काम तो करना पड़ेगा। तू पति नहीं है मेरा कि मेरी कमाई खाएगा। और इस भ्रम में मत रहना कि जोगिंदर तुझे बचा लेगा। झूठ बोला तो गला दबा दूंगी। सच बता, क्या किया पूरे दिन?"

"वहीं बैठा था........सच में"

"तो तेरी शक्ल पे लिखा है-कि भीख मत दो। अरे तेरे जैसे को तो ज्यादा मिलने चाहिए। क्या करुँ? तेरी एक आँख फोड़ दूँ- फिर शायद भीख मिल जाए।"

अग्रवाल जी काँप उठे। डर से उन्होनें अपनी आँखे भींच ली।

"मैं कुछ करती हूँ।" ममता उठी, "डरो मत बाबा मैं आँखें नहीं फोड़ रही। इतनी बुरी नहीं हूँ मैं। ऐसा करना होता तो जोगी को अंधा न कर देती। मुझे....... बस नफरत है चोरों से......। आप उठो खाना खाओ..........।"

अचानक जलते तवे पर पानी की बूंद आ गिरी। अग्रवाल जी ने आँखें खोंली और लम्बी सांस ली। चूल्हे की तरफ जाती ममता थोड़ी कम भयानक लगी।

आज जब अग्रवाल जी मंदिर के बाहर बैठे थे तो वो सिर्फ बेचारे बूढ़े नहीं, बल्कि एक बूढ़े दादा भी थे। जिनका परिवार नहीं था, बस एक छोटा पोता था, जो साथ ही दरी पर लेटा रो रहा था। ममता ने आज अग्रवाल जी को अपना बच्चा और दूध की एक बोतल पकड़ा दी थी। साथ में निर्देश बिल्कुल साफ थे। ध्यान रखना था कि बच्चा रोए तभी दूध देना है। बच्चे को कुछ होना नहीं चाहिए और बच्चा किसी और के हाथ में नहीं देना है। बताना है कि बच्चे की माँ मर चुकी है- और दादा ही सहारा है। अग्रवाल जी को अजीब सी घबराहट हो रही थी। पूरे दिन बच्चा संभालना कभी हुआ नहीं। सज्जन और अर्नव तो उनकी धर्मपत्नी ने ही पाले थे। यहाँ एक तो भीख मांगना अजीब और ऊपर से बच्चा साथ में। उन्होनें नीचे लेटे बच्चे पर नजर डाली। कुछ मक्खियाँ उसके हाथ में बैठ रही थी, फिर उड़ जाती थी। बच्चा उसी क्रम में खुश था। जब बैठती, तो वो फूं करता, और उड़ने पर हँस पड़ता। अग्रवाल जी की घृणा बढ़ गयी। गंदा सा बच्चा और गंदी मक्खियाँ!!

"मैं जा रहा हूँ" दूर से जोगिंदर की आवाज आई। "शाम तक आ जाऊँगा..... यहीं मिलना।"

"कहाँ" अग्रवाल जी चैंके। जोगिंदर के जाने का भय और ममता फिर पूछेगी।

"यहीं......गांव में ही।" जोगिंदर ने हाथ के इशारे से बता दिया कि थोड़ा पीकर आता हूँ।

अग्रवाल जी ने डर और आश्चर्य, दोनो के मिश्रित भाव से जाते हुए जोगिंदर को देखा। कितनी मोटी चमड़ी है.....रोज इस तरह घर से निकाला जाता है, रोज गालियां खा रहा है, पर बिल्कुल डर नहीं!! पर डर अग्रवाल जी को था.........। बच्चे के रोने ने उनका ध्यान खींचा।

"चुप हो जा ऽऽ" अग्रवाल जी ने प्यार से अपना हाथ उसके सिर पर फेरा। कई दिनों बाद, या कहें कई सालों बाद उन्होनें किसी के सिर पर हाथ फेरा था। एक मुस्कुराहट खुद ब खुद उनके चेहरे पर आ गई।

"ये तुम्हरा बच्चा है बाबा?" एक स्त्री ने रुक कर पूछा। अग्रवाल जी ने हाँ में सिर हिलाया और कटोरा भी।

"कैसे मक्खियाँ घूम रही हैं। बीमार हो जाएगा। माँ नहीं है क्या इसकी?" उस स्त्री ने पर्स से सिक्का निकाल कर कटोरे में डाल दिया।

"माँ....नहीं है। मैं ही हूँ।" अग्रवाल जी के मुँह से आवाज बहुत धीरे निकली।

"पर ध्यान रखो बाबा इसका।" वो चली गयी। आज काफी कुछ जमा हो चुका था। बच्चे का रोना भी एक कारण था साथ ही अग्रवाल जी भी अनुभवी हो रहे थे। उन्होनें थैले के ऊपर से कोना महसूस किया। काफी जमा हो गए थे। वो मुस्कुरा उठे।

ता-उम्र लाखों का व्यापार करते रहे। अग्रवाल जी ने कभी कल्पना भी नहीं की थी कि खुल्ले पैसे और पचास साठ रुपये का योग उन्हें इतना खुश कर सकता है। भीख मांगना भी एक कला है जो सीखनी होती है। वो धीरे-धीरे सीख रहे थे। शाम से पहले ही जोगिंदर वापिस आ गया था। उसने आते ही अपने जमा किये हुए दस-बारह रुपए की भीख अग्रवाल जी को दे दी। "इसको भी मिला लो, साथ ही दे देना घर में" अग्रवाल जी की नफरत उसके प्रति थोड़ी और बढ़ गई।

घर पर धुसते ही ममता ने बच्चा अग्रवाल जी के हाथ से ले लिया। अग्रवाल जी को लग रहा था कि पहला सवाल होगा कि पैसे कितने मिले? पर शायद ममता का लगाव बच्चे में ज्यादा था। उसने बच्चे को गोद में दबा कर दोनो को बैठने का इशारा किया और दूसरी तरफ मुड़ कर बच्चे को दूध पिलाने लगी। साथ ही माँ-बेटे का एकतरफा वार्तालाप शुरु हो गया।

"मेरे बच्चे, मारा तुझे...मारा बूढ़े बाबा ने। बता दे SS! मारा!! मैं हाथ तोड़ दूंगी! ना........। धूप में रखा..........मैं आग में पकाऊंगी उसे......। ओ ले ले ले....... मेरा प्यारा बच्चा.....। और बता क्या किया दोनो ने.....तंग तो नहीं किया......." हालाँकि बातें सिर्फ बच्चे का दिल बहलाने के लिए हो रही थी फिर भी अग्रवाल जी को अजीब लग रही थी। बच्चे को समझाने का ये क्या तरीका....हर चीज में उनकी कुर्बानी होती थी। उन्हें चुप देखकर जोगिंदर ने चुटकी ली "बाबा बच के। ये औरत चुडैल है चुडैल......। सच में पकाएगी आग में......"

ममता ने सिर घुमा कर देखा, पर बोली कुछ नहीं। अग्रवाल जी को ऐसा लगा मानो घर की हर सजीव और निर्जीव चीज उनकी तरफ देख कर हँस रही हो। अब जब शरीर में थोड़ी बहुत ऊर्जा आई थी, आत्मा अपने घर, परिवार, शहर के लिए घबरा रही थी। कभी किसी ने घर में इस तरह बात नहीं की, कभी मजाक का पात्र नहीं बने। घर प्यारा घर।

"खाना खाया कुछ वहाँ?" ममता ने मुड़ कर पूछा।

अग्रवाल जी ने ना में सिर हिलाया। आज बच्चे के साथ होने और जोगिंदर के दूर होने के बीच न तो भूख लगी, न मौका मिला।

"क्यों?? जोगी......तूने बाबा से खाना नहीं पूछा। मारेगा क्या इसे?" ममता चीखी।

"अरे......ये कोई दामाद है मेरा......। इतना बड़ा बाजार है सामने........खा लिया करें.....। इसमें पूछना क्या है?"

ममता ने बच्चे को नीचे रखा और वापिस अग्रवाल जी तक आई। "बाबा, ये आदमी तो एक नम्बर का झूठा और चोर है। तू सच सच बता, ये आदमी वहाँ था या आवारागर्दी करने भाग गया था।"

अग्रवाल जी के लिए धर्मसंकट बड़ा था। रोज जोगिंदर के साथ ही जाना था, शायद जोगिंदर ही उसे किसी दिन देहरादून की तरफ वाली बस में चढ़ाएगा और जोगिंदर ने ही तो जान बचाई थी। पर सामने जो खड़ी थी, वो घर की मालकिन थी। उन्हें चुप देख कर ममता बोली "इससे घबरा मत, तेरे को हाथ भी लगाया तो जिंदा जला दूँगी इसे। बिना डरे बता, कहाँ था ये। ये खुद तो भूखा रह नहीं सकता। वहीं होता तो तुझे जरुर पूछ लेता...मुझे पक्का पता है, ये भाग गया होगा। पर मुझे तुझसे सुनना है। बता।"

"हाँ गया था, तो?" जोगिंदर की आवाज आयी। "गुलाम नहीं हूँ मैं तुम्हारा। मैं मर्द हूँ इस घर का.........जहाँ मर्जी जाऊँ......तुझे क्या?"

ममता ने कुछ कहा नहीं, वो उठी और जोगिंदर को पकड़ कर घर से बाहर निकाल दिया। "बाबा, मैं खाना देती हूँ .....। अरे बता दिया करो, भूखे मत रहो। तुम्हें मार कर थोड़े ही पैसे पाने हैं। बूढ़े की मौत का कलंक ना लगाओ......."

ममता ने एक थाली में खिचड़ी डाल कर अग्रवाल जी के आगे डाल दी साथ में दो हरी मिर्च। अग्रवाल जी ने नजर उठाकर ममता को देखा। वो बुरी थी पर इतनी भी नहीं। और सुबह से भूखे अग्रवाल जी को खिचड़ी भी खूबसूरत नजर आयी। उन्होनें खाना शुरु किया। इतना स्वादिष्ट........इतनी तृप्ति वाला।

"बच्चे ने परेशान तो नहीं किया?" ममता ने पूछा।

आज अग्रवाल जी के लिए अचरज का दिन था। उनकी परेशानी और भूख की चिंता हो रही थी। उन्होनें नहीं में सिर हिलाया।

"इसे ले जाया करो............।"

बच्चे को गोद में लेकर चुप करवाने की कोशिश करते हुए अग्रवाल जी आज ज्यादा सजग थे। उनको पाँच दिन हो चुके थे। बाजार में चर्चा होती रहती थी केदारनाथ के बारे में। पहले कुछ दिनों तक लोग बोलते रहे कि उस तरफ तो बारिश लगातार है, कीचड़ है, मौसम खराब है। आज सुनने में आया कि मौसम थोड़ा साफ हुआ है और सरकारी बचाव दल हेलिकॉप्टर से पहुँच गया है। भीड़ में हर किसी के पास अलग-अलग समाचार था। यह जमीनी हिस्सा दूर था और अलग था। यहाँ केदारनाथ की तरह लगातार बारिश नहीं हुई थी। कोई बता रहा दस हजार लोग मारे गए, कोई कह रहा बीस हजार। कोई बता रहा कि मंदिर के अलावा कुछ नहीं बचा तो किसी ने मंदिर को भी गायब बताया। अग्रवाल जी चुपचाप सबकी बातें सुनने की कोशिश करते रहते थे। आज जब बचाव दल की बात सुनी तो दिल में उम्मीद जागी। वो उस बीस हजार लोगों से ज्यादा किस्मत वाले थे जो बच ना सके। शायद बचाव दल को खबर मिल जाएगी कि इस जगह भी कोई बचा हुआ इंसान है। शायद वो इधर भी ढूंढ लिए जाएगें। शायद सज्जन ही आया हो।

"तुम केदारनाथ वाले हो ना?" जहाँ अग्रवाल जी बैठते थे, उसके पीछे खड़े चायवाले ने पूछा।

"हाँ।"

"तुम्हें पता है अपने घर का!"

अग्रवाल जी ने हाँ में सिर हिलाया।

"तो जाकर पूछ लो ना फौजियों से। वो ढूंढ रहे है लोगों को। सही सही बताओगे तो तुम्हें पहुँचा देंगे। इधर भी आए है, ऐसा सुना है।"

"किधर आए हैं" अग्रवाल जी उत्सुक हो उठे।

“यहाँ से कोई चार-एक किलामीटर उधर जाकर मिल आओ।”

अग्रवाल जी की आँखें चमक गयी। आज चार क्या दस किलामीटर भी चलना आसान था। पिछले कुछ दिनों से उन्होनें अपने आपको पुराना, जिंदा, अग्रवाल सोचना बंद कर दिया था। अब अचानक रोशनी से दिखी। अभी आधे घंटे में जोगिंदर इधर उधर जाएगा, तब निकल लेना ठीक है। सामने से तो वो जाने नहीं देगा। अग्रवाल जी को पूरे शरीर में फुरफुरी महसूस होने लगी। ध्यान कटोरे से हटकर पीछे चल रहे भजन पर चला गया। मन में तार भजन से जुड़ गए! प्रभु ने सुन ली है.............धन्यवाद.........।

आधे घंटे बाद जोगिंदर फिर थोड़ी देर के लिए इधर उधर हुआ तो अग्रवाल जी ने अपनी चप्पलें पहन ली। सामने रास्ता था जिस पर चलते जाना था। तभी बच्चे की आवाज ने ध्यान तोड़ा। साथ में लेटा हुआ बच्चा जाग गया था। अग्रवाल जी का अभी तक उस पर ध्यान ही नहीं गया था। उन्होनें बच्चे के मुंह में दूध की बोतल लगाई और पतली चादर से उसे ढक दिया।

“बाबा ये चादर में उलझ जाएगा, गोद में ले लो।” बच्चे को चादर में हाथ, पैर मारता देखकर चाय वाले ने कहा।

“हाँ-हाँ....” अग्रवाल जी ने बच्चे को गोद में ले लिया। अब न तो वो नए थे, और न हि भूखे-बच्चा मुस्कुरा कर दूध पीता रहा। अग्रवाल जी कुछ क्षण इधर उधर देखते रहे फिर चाय वाले को कहा “मैं आता हूँ थोड़ी देर में”

वो बच्चे को गोद में लेकर निकल पड़े। वहाँ फौज को सौप देगे, वो खुद ही वापिस कर देंगे। पर अभी ज्यादा जरुरी था फौज तक पहुँचना।

अग्रवाल जी तेज कदम उस कच्चे रास्ते पर चल पड़े। रास्ता एक पतली पगड़ंडी जैसा ही था जो एक गांव से दूसरे गांव को जोड़ रहा थ। ममता का बच्चा उनकी गोद में था। और अपनी बोतल से खुश था। इधर अग्रवाल जी अपने आगे का सोच कर उत्साहित थे। उनके नर्क से उनके स्वर्ग तक का रास्ता -कच्ची पगडंडी। तेज चलते अग्रवाल जी की पुरानी चप्पल मुड़ी और वो घुटने के बल गिर पड़े। शायद चलने की रफ्तार ज्यादा थी। गिरते-गिरते उन्होनें अपने हाथों से बच्चे को कस कर जकड़ लिया था, बोतल तो झाड़ियों में गिर गयी, पर बच्चा बच गया। अग्रवाल जी ने बच्चे की ओर देखा और चैन की सांस ली। बच्चा भी अब उन्हें पहचानने लगा था, वो मुस्कुरा उठा। उसकी आँखे चमक रही थी।

घूल-घुसरित चेहरा, गंदेल कपड़े, पर आँखें चमकदार और मुस्कुराहट तो और भी आकर्षक! अग्रवाल जी ने उठने की कोशिश की, पर उठ नहीं पाए। कुछ तो घुटने की चोट और कुछ ये बच्चे के कारण। आँखों के आगे अंधेरा सा छाने लगा। वो बच्चे को सीने से लगाए, वहीं लेट गए।

दो लोग सामने खड़े वाद-विवाद कर रहे थे। पीछे सफेद धुंध सी थी और दोनो तरफ खाई! अग्रवाल जी कमजोर से जमीन पर पड़े थे और अब भी बच्चे को जकड़ रखा था। वो आँखे मींच कर देखना चाहते थे कि ये दोनों कौन हैं।

पहला आदमी जोर-जोर से चिल्ला रहा था, "बस बहुत हो गया। अब नहीं फंसने वाला मैं तुम्हारी बातों में। एक बार इतनी मुश्किल से बचा हूँ अब मैं इन बेकार के चक्करों में नहीं पड़ने वाला। अरे जान अगर इसकी है तो मेरी भी तो है। ऐसा कहाँ की समझदारी है कि अपनी जान गंवाते जाओ......। भाई अब मैने तय कर लिया है। इसे फौज को दे दूँगा, वो अपने आप निपट लेंगे।"

"ठीक कहते हो आप" दूसरा आदमी आगे आया। उसने काले-भूरे रंग का लबादा डोह रखा था। "पर ये बताओ कि अगर फौज इसके माँ-बाप को ना ढूंढ पाई तो? उसे किसी ने उसे किसी ने तुम्हारी जान बचाई, उसके साथ ये विश्वासघात। जगन्नाथ क्या तुम अपने आपको कभी माफ कर पाओगे?"

"जगन्नाथ!!" अग्रवाल जी के दिमाग में शब्द गूंजा। उन्होनें आँखें मींच कर पूरी खोली और ध्यान से देखा। सामने पहला आदमी उनके जैसा ही था, और दूसरा रामचरण जैसा।

"चील खाए या लोमड़ी!! भाई मुझे मेरी जान प्यारी है। भिखारी बना रखा है यहाँ। जान बचाई ये बात ठीक है, पर आप उसके बदले किसी से गुलामी तो नहीं करवा सकते। अरे मैं तो बेहोश था, शेर-बाघ खा भी जाते तो मुझे कौन सा पता चलना था। फिर क्या पता कोई बचा लेता? और यह छोड़ो, ये बताओ कि क्या मिला मुझे इधर आकर, बताओ।"

"मित्र शांत हो जाओ। जहाँ तक मिलने की बात है, तुम्हें कुछ तो मिला ही होगा। बस तुम पहचान नहीं पा रहे हो। देखो तुम्हारी जो परेशानियाँ थी,

अब क्या वो तुम्हारे जेहन में है या चली गई। तुम्हें मदद मिली। तुम्हें एक बच्चा मिला जो तुम्हारी गोद में शांति से लेटा है। बताओ कब इस तरह का अनुभव किया? तुम्हें रास्ते में मित्र मिले और बाबा का आशीर्वाद भी। तभी तो तुम बच गए।"

"वाह -वाह!! इसीलिए भक्ति अंधी होती है। पैर कट जाए तो हाथ न कटने की खुशी मना लो। वाह भाई वाह! यहाँ मौत के चंगुल से बचा हूँ। भूखा-कमजोर भिखारी हो गया हूँ और तुम इसमें अनुभव ढूँढ रहे हो," पहला आदमी चीखा।

"ओह हो!! मित्र तुम गलत चीजें मिला रहे हो। देखो दो अलग-अलग चीजे हैं। तुम यहाँ आए थे क्योंकि तुम्हारा शरीर खुश था पर मन दुखी। है ना! अब तुम मुझे शरीर का दुख बता रहे हो, मैं तुम्हें मन का नया अनुभव गिना रहा हूँ। देखो शरीर और मन अलग अलग हैं। इन्हें मिलाओ मत।"

"अच्छा! पर मैं तो मिला हुआ इंसान हूँ ना" पहला आदमी खीझ कर बोला।

"तुम्हारे पास दोनो है..........सबके पास है। शरीर तो बाहरी चीजों से कष्ट ले रहा है, अपने आप सही हो जाएगा। मन को देखो। क्या तुमने अपनी जान बचाने के लिए धन्यवाद दिया, उस आदमी को, उस पत्तों को जिस पर तुम गिरे या फिर भगवान को.............नहीं ना..........। अपना काम किया नहीं, अब तुम ये बच्चे को सजा देना चाह रहे हो। तुम्हें पता है ना इसकी माँ इसे कितना मानती है।" पहले आदमी ने ऊपर देखा, दोपहर हो चुकी थी और उसे दूर जाना भी था। ये बेकार की दलीलें उसकी पंसद से अलग थी। उसने दूसरे आदमी की तरफ कदम बढ़ाया "तुम्हारी बातें खत्म हो गयी होगी" और उसे धक्का दे दिया। खाई में गिरते हुए उसकी चीख भी नहीं आयी। अग्रवाल जी सहम उठे।

पहला आदमी अग्रवाल जी की तरफ बढ़ा और बच्चे को खींचा। अग्रवाल जी ने बच्चे को जोर से पकड़ लिया।

"इसे छोड़ दो। मैं ये नहीं दूंगा। भाग जाओ।"

उस आदमी ने गुस्से से अग्रवाल जी को देखा। अग्रवाल जी ने डर से आँखे मूंद ली पर हाथों के जोड़ और मजबूत कर लिए, "नहीं दूंगा।"

अग्रवाल जी की आँख खुल गयी। सामने सब साफ था, पगडंडी थी, पेड़ थे। और गोद में रखा बच्चा भी बाहर निकलने के लिए हाथ पैर मार रहा था। शायद दुःस्वप्न! वो उठे और झाड़ी से बोतल उठा ली। दूर तक न तो खाई थी, न किसी के गिरने का निशान। वो हारे हुए मन से वापिस चल पड़े।

शाम ढ़ल चुकी थी पर घर तक रास्ता अब अनजाना नहीं रहा था। अग्रवाल जी बच्चे को गोद में समेटे धीरे-धीरे चलते आ गए। ममता के डर से ज्यादा उनके चेहरे पर एक गलती ना करने की खुशी थी! वो बार बार बच्चे को देखते और मुस्कुरा उठते। सामने घर के दरवाजे खुले थे और अंदर से ममता की चीख -पुकार आ रही थी। वो जोगिंदर को गालियां दे रही थी। जोगिंदर चुपचाप सुन रहा था।

अग्रवाल जी ने दरवाजे पर दस्तक दी और अन्दर आ गए। उनके हाथ में अपना बच्चा देख कर ममता दौड़ कर आयी और बच्चे को ले लिया। जोगिंदर भी आया पर गुस्से में। उसने आते ही अग्रवाल जी को धक्का दिया, "कहाँ मर गया था बाबा। दो मिनट बैठने को बोल कर क्या गया, तू गायब हो गया। कहाँ था अब तक?"

अग्रवाल जी धक्के से नीचे गिर गए थे। पर मुस्कान अब भी थी।

"वो मैं पेशाब करने गया था, उधर चक्कर आ गया तो गिर पड़ा था। फिर होश आया तो शाम हो गई थी। इधर आ गया।"

"तो बच्चा इसको दे जाते।" ममता ने गुस्से से कहा। अग्रवाल जी ने जवाब नहीं दिया। ममता समझ गयी कि वो क्या कहना चाहते थे।

"जोगी तू वहाँ होगा ही नहीं, है ना। मनहूस आदमी अगर मेरे बच्चे को कुछ हो जाता तो मैं तेरे दोनो हाथ काट देती जोगी।" ममता का गुस्सा अब तक लक्ष्य ढूंढ चुका था।

"अरे मैं वहीं था, आस-पास.........." जोगिंदर ने सफाई दी। पर मिला हुआ बच्चा ममता के लिए खुशी की वजह था। साथ ही अग्रवाल जी ही उसे लेकर आए

थे। उनके प्रति ममता की बोली नम्र हो गयी। "बाबा आपका धन्यवाद.........। हम डर गए थे............। आपने कुछ खाया या नहीं?"

"अभी तक तो नहीं" अग्रवाल जी ने धीरे से कहा।

"अभी देती हूँ।" ममता ने एक हाथ से कटोरी उठाकर, उसमें खिचड़ी डाल दी और अग्रवाल जी के आगे कर दिया।

अग्रवाल जी को भूख थी पर सुकून ज्यादा था। माँ की गोद में बच्चा देखकर वो खुश थे साथ ही अपने घर की याद भी आई। वो खाने पर लग गए और ममता ने धीरे से जोगिंदर को समझाना शुरु किया।

"कल से मैं इसे कहीं नहीं भेजूंगी। मान लो अगर बाबा बेहोश होकर उठता ही नहीं या फिर मर जाता तो........इसे तो कुत्ते, भेड़िए खा जाते रात में। वैसे भी........बाबा या किसी और के भरोसे बच्चा देना ठीक नहीं।"

"वो तो है।"

"कल से तुम इन्हें जंगल की तरफ लेकर जाओ ना। सुना नहीं लोग क्या कह रहे हैं!"

"हाँ मैं भी यही सोच रहा था। बाकि देखते हैं।"

अग्रवाल जी ने अपनी खिचड़ी खत्म कर ली थी। ज्यादातर बातें समझ नहीं आयी पर यह पता लग गया कि कल से कुछ परिवर्तन होना है।

अग्रवाल जी के सामने अजीब सी दुविधा थी। वो और जोगिंदर जंगल में पहुँच चुके थे। रास्ते में जोगिंदर ने बताया कि इस केदारनाथ आपदा में हजारों लोग जंगल में फंस गए। इक-आधे अग्रवाल जी जैसे किस्मत वाले थे जो बचे, बाकि मर गए। एक तो बारिश ऊपर से रात की ठंड शायद ही कोई इतने दिन निकाल पाए। अब जबकि बारिश कम हुई तो लोग जंगल में जा रहे हैं, देखने कि शायद कोई बचा मिल जाए। पर जंगल की कोई दिशा या सीमा नहीं। इसीलिए आज जोगिंदर उन्हें लेकर आया था- जहाँ कहीं भी, जो कुछ भी मिलेगा काम का वो लूटने के लिए।

"देखो बेटे, ये गलत है। इस तरह चोरी करने से अच्छा तो भीख मांगना ही है। और चोरी भी तब जबकि सामान का मालिक बेचारा जिंदा न हो। यह तो पाप है जोगिंदर।"

"बाबा, तू आदमी भला है पर भोला भी है। मेरी बात सुन, जब सामान का मालिक ना हो तो सामान किसका हुआ-लावारिस! ऐसे में ना तो चोरी हुई न डाका। अरे नदी का पानी पिया तो ठीक पर किसी के घर में घुसकर पानी लिया तो चोरी। फर्क क्या हैं? यही न कि नदी लावारिस है, उसका मालिक नहीं। अरे जब इंसान ही नहीं रहा तो क्या सोचना? हाँ तेरे जेब से निकाल लेते कुछ और तुझे बेहोश छोड़ आते तो चोरी होती।"

दोनो धीरे -धीरे चलते रहे। हर पतली पगडंडी या आधे -सीधे बने रास्तों पर। अग्रवाल जी अभी ज्यादा बहस की अवस्था में नहीं थे। पर उन्हें घृणा आ रही थी। दिमाग में गूंज रहा था कि वो भी लावारिस हैं। जिनका कोई मालिक नहीं, उसे जोगिंदर ले गया तो क्या गलत किया।

"मुझे लगता था कि केदारनाथ के आस-पास तो भक्त लोग बसते होंगे।" अग्रवाल जी ने धीरे से कहा। वो यह कहना नहीं चाहते थे, पर अपने अंदर की नफरत को दबा नहीं सके।

"भक्त ही हैं हम सब" जोगिंदर हँसा।

"फिर ऐसा क्यों कर रहे हो? ये सब शिवजी के भक्त हैं जो मारे गए। उन्हीं से लूटपाट! भगवान के कोप से डरना चाहिए। पलक झपकते ही आपका जीवन बदल सकता है। सच कह रहा हूँ।" अग्रवाल जी की बातों में उनके आपबीती का दर्द भी था।

"अरे बाबा, भगवान शिव तो महाकाल नहीं है? फिर क्यों मौत पर मातम मना रहे हो। और भक्ति मन से करो! आप भी ना!!"

"पता है, मैं बड़ा नास्तिक था, बिल्कुल ही.......। पर मेरे एक दोस्त के कहने पर मैं यहाँ आया.....।"

"फिर तो आप उस दोस्त को बहुत याद करते होगें?" जोगिंदर हँस पड़ा।

"धरती माँ का ऐसा प्रकोप!! पहले तो मेरा भरोसा और भी टूट गया, पर पता नहीं क्यों अब फिर से बढ़ने लगा है" अग्रवाल जी की लड़खड़ाती आवाज आई।

"अरे और क्या करोगे? हम और तुम धरती पर बोझ हैं। हम ही क्यों, सारे मनुष्य ही बोझ हैं, हम तो धरती का खून पीने वाले पिस्सू हैं। हमारे पास धरती, कुदरत और भगवान पर भरोसा करने के अलावा कोई चारा नहीं हैं। कोई तुम्हारा माँ-बेटे का रिश्ता नहीं है कि तुम रुठ जाओगे तो कोई मनाने आएगा।"

"ऐसा नहीं है बेटे। ये धरती हमें पालती-पोषती है, हमें जीने के लायक बनाती है हमारी माँ है ये। और मुझे यकीन है कि हम अच्छे काम करते हैं तो यह धरती, प्रकृति, भगवान, सब खुश होते हैं। ये भी हमें अपनी संतान मानते हैं।"

"अरे बाबा, तूमने जूँ की कहानी सुनी है? मैं सुनाता हूँ। एक बार आदमी के सिर में दो जूँ हो गई। वो चुपचाप खून पीती रही और पलती-बढ़ती रही। फिर उसके बच्चे हुए और फिर उसके बच्चे। तीन-चार महीनों में उसके सिर में काफी सारी जूँए हो गई। जूँ रोज शाम बातें करती। कहती कि ये खोपडी हमारी माँ है। हम इससे खाना लेते हैं। पर इतनी जूँए होने से उस आदमी के सिर में खुजली शुरु हो गई। अगले दिन उसने पतली कंघी उठाई और सारी जूँए निकाल दी। जो निकलती गई वो मरती भी गई। तो अब बताओ इस कहानी में दोष किसका। जूँ, बच्चे का या खोपड़ी माँ का?? हा हा........." जोगिंदर हंस पड़ा। उसके तर्क

का अग्रवाल जी के पास जवाब नहीं था, बस एक ही बात कहना चाहते थे कि कुतर्क से तुम गलत को सही नहीं कर सकते, हाँ कह सकते हो। उनको चुप देखकर जोगिंदर और तेज हंस पड़ा। “चलो फिर, इधर से कुछ सडांध आ रही है। देखकर आते हैं शायद कुछ पड़ा मिल जाए।”

अग्रवाल जी ने भी कुर्ता उठा कर नाक ढ़क लिया। दाहिने ओर कुछ आधी गली लाशें पड़ी थी। कुछ लोगों ने पेड़ के नीचे रुकने का इंतजाम किया था पर सर्दी और मौसम के शिकार हो गए। भेड़िए, कुत्तों ने ऐसी लाशों पर अपनी क्षुधा शांत की थी। किसी कर कोई हिस्सा पड़ा था, किसी की गली, खुरची शक्लें। अग्रवाल जी ने अपनी आंखे बंद कर ली। भगवान का नाम लिया, अपने कर्मो की माफी मांगी और जोगिंदर के पीछे हो गए। जोगिंदर हर चीज उठा रहा था। थैला, अंगूठी, घड़ी, कपड़ों की जेब में पड़े सामान, पर्स......। वो सामान उठाता और अग्रवाल जी को पकड़ा देता। अग्रवाल जी उसे अपने थैले में डाल रहे थे। इस बार जो अंगूठी उसने खींची और अग्रवाल जी को पकड़ाई, उसके साथ आधी गली अंगूली भी थी। अग्रवाल जी चीख उठे।

आज ममता खुश थी। धर में बदबू भले ही आ रही हो, पर उसके हाथ उन सामानों को गिनते में व्यस्थ थे जो जोगिंदर और अग्रवाल जी लाए थे। अग्रवाल जी को लाशें और उनकी दुर्दशा देखकर दुख हो रहा था। हमेशा से सुनते आए थे कि बुरे आदमी की लाश चील-कौए खाएंगे, आज पता चला कि चील-कौवे किसी की भी लाश खा सकते हैं, इंसान के कर्म से उनका कोई लेना देना नहीं। एक डर सा था कि शायद वो भी कुत्ते और भेड़ियों के शिकार हो सकते थे पर फिर दिल में दुसरे ख्याल भी आते रहे। जब मर ही गए तो क्या फर्क, लाश का क्या हो? कुत्तें खाए, कौए खाए या फिर जोगिंदर अंगूठियाँ निकाले। फिर उनकी नजर खुश होते ममता पर पड़ी। सारी चीजें जोड़ कर लगभग 70-80 हजार की होगी। ज्यादा तो खुशी उस नोटों की थी जो एक लाश के थैले से मिले थे। कितने नीच लोग है, लालची........। पर यह भी तो सच था कि अग्रवाल जी को बचाया भी इन लोगों ने ही था। दिमाग अपने ताने-बाने में उलझता रहा और वो चुपचाप कोने में सोए बच्चे पर अपनी नजर जमाकर बैठ गए।

"बाबा, किस सोच में डूबे हो" "ममता ने हंसते हुए पूछा। उसने अग्रवाल जी को गुमशुम देख लिया था।"बच्चे पर नजर ना लगाओ, मुझे डर लग जाता है।"

"कुछ नहीं............"

"बोल लिया करो। मन में बात दबी रहेगी तो उम्र छोटी हो जाती है। एक तो तुम पहले ही बूढ़े हो, उधर से दिल पर इतना लोड लोगे तो.........." ममता की खुशी उसकी बातों की शैली से झलक रही थी।

"नहीं ऐसा कुछ नहीं है।" अग्रवाल जी जानते थे कि उनकी बातें अभी इन दोनों के समझ नहीं आनी।

"डरो मत बाबा, मैं कुछ नहीं कहूँगी, बोल डालो..........। गालियाँ देनी है, दे दो........। मेरा बाप भी तो शराबी था, गालियाँ देता रहता था.........तुम उसकी उम्र के ही हो।"

अग्रवाल जी कुछ मिनटों तक सोचते रहे। पर बात सच थी, कब तक दिल में दबा कर रखेंगें।

"तुम लोग यह ठीक नहीं कर रहे। अरे ये पैसे उनके नहीं हो पाए जो इन्हें छाती से लगाकर आए थे, उनको नहीं बचा पाए। तुम्हें क्या खाक सुख देंगे। बेटे अपनी मेहनत की कमाई में ही बरक्कत है, सुख है। इस तरह से जमा करना चोरी है...........। यह बहुत ही खराब काम है। मुझे अपने आप से घिन आ रही है कि मैं वहाँ था........।"

"धर्म!!" ममता ने लंबी सांस छोड़ते हुए कहा, "धर्म-कर्म, सही गलत यह सब उन लोगों के बनाए हुए है बाबा जिनकी जेब में रोकड़ा होता है। जब गरीबी और भूख नाच रही हो तो सिर्फ पैसा और खाना ही संगीत लगता है, प्रवचन नहीं। हमें भी अच्छा नहीं लगता कि हम ये वाले पैसों से खाना खाएं, पर यह सोचकर अच्छा लगता है कि हम इससे कई महीने खा सकते हैं। और फिर हमने कौन सा किसी से छीना है। तुम लोग ये चीजें ना लाते तो कुछ दिनों में पानी में गल जाते थे। फिर जब लाश मिट्टी हो जाती और अंगूठी मिट्टी में मिलती तब तो खुश हो जाते कि जमीन पर पड़ा था.......। अरे छोड़ो बाबा....गरीबों को धर्म गरीबों वाला चाहिए....तुम्हारे वाला नहीं।"

कमरे में शांति रही। ममता ने स्पष्ट कर दिया था कि वो अग्रवाल जी के नजरिए से नहीं देखेगी इसीलिए अग्रवाल जी भी शांत हो गए। पर मन में कुलबुलाहट चलती रही।

"वैसे तुम्हारा काम तो चल ही रहा था फिर इतने पैसों का क्या करोगे?" अग्रवाल जी ने ना चाहते हुए भी पूछ लिया।

"क्या करुँगी?? अरे ब्यूटी पार्लर जाऊँगी, सजूंगी और घूमूँगी। आप भी कैसी बातें करते हो। हमारे शौक नहीं हैं ऐसे। मैं नहीं चाहती की मेरा बच्चा बड़ा होकर अपने बाप की तरह आवारा और भिखारी बने। उसे पढ़ाऊँगी और नौकरी लगवाऊँगी। या फिर सब्जी का ठेला खोल दूंगी.......कुछ तो करुँगी।"

“थोड़ा मेरे को भी दे देना......” जोगिंदर ने हँस कर कहा।

“हाथ काट दूँगी अगर इधर बढ़ाया भी तो। ये मेरे बच्चे के लिए है। मैं कुछ भी करके इसे अच्छा आदमी बनाऊँगी।”

“अच्छा आदमी बनने के लिए पैसें के साथ-साथ चरित्र भी चाहिए। चोरी के पैसे से कैसा चरित्र............” अग्रवाल जी बुदबुदाए।

“बस बाबा, चरित्र भी तुम्हारा अपना झोल है। अरे यूँ समझ लो कि जो तुम जवान होते और अमीर होते, और मैं थोड़ी सही शक्ल की होती तो इस बच्चे के लिए मैं तुम्हारे साथ भी भाग जाती। हा हा हा..........”

अग्रवाल जी चुप हो गए और ममता की हँसी गूंज उठी।

“जवान होता और अमीर भी तो मैं इसे घर क्यों लाता? इसकी अंगूलियाँ काट कर अंगूठी ना निकाल लेता। देख बाबा बुढ़ापे और गरीबी का फायदा... तू बच गया।”

जोगिंदर भी हँस पड़ा।

अग्रवाल जी मुस्कुरा उठे। वह जो ज्ञान देना चाह रहे थे, उसका न तो कोई कद्रदान था ना हि किसी को जरुरत।

“वैसे बाबा, तुम्हारे घरवालों ने तुम्हारे जैसे शरीफ से बूढ़े को क्यों अकेला भेज दिया, या पूछूँ तो क्यों निकाल दिया?” ममता ने पूछा।

“वो मुझे पंसद करते हैं। मैं खुद ही अकेला आना चाहता था इधर....। वो जरुर मुझे ढूँढ रहे होंगे।”

“अच्छा!! वैसे केदारनाथ, बद्रीनाथ इधर कई सारे ऐसे ही बूढ़े आते है। फकीर से। वो कभी नहीं कहते कि घरवालों ने निकाल दिया, या परेशान किया है। पर सब यही सोच के आते है कि इधर हर मर गए तो स्वर्ग मिलेगा। तुम्हारा भी ऐसा ही चक्कर होगा........पक्का।” ममता बोली।

“नहीं। मेरा अपना घर है, काम है......”

“था बाबा था! अब तक तो घरवालों ने फोटो पर माला चढ़ा दी होगी।” जोगिंदर हँसा, “वैसे तुम व्यापारी या पैसे वाले होते तो हमें ऐसे फटेहाल मिलते

भला। सुना है अमीरों के लिए सरकार हेलिकाप्टर भेज रही है.....तुम्हें तो कोई नहीं ढूंढ रहा.....।"

"मुझे अपने घर जाना है। एक बार हेलिकाप्टर तक ले चलो।" अग्रवाल जी ने सोचा कि स्पष्ट पूछना ही ठीक है।

"सच में जाना चाहते हो बाबा?" ममता चौंकी। "मुझे तो लगा था कि अब तुम्हारी सेवा करनी पड़ेगी हमें बुढ़ापे में। सच बताओ, अगर जाना है तो। और अगर यहाँ रुकना चाहो तो रुक जाओ। हमारे परिवार जैसे ही हो तुम तो। चिंता मत करो, जब नहीं कमा पाओगे तब भी खाना मिलेगा। बस ज्ञान मत देना।"

अग्रवाल जी की आँखें नम हो गयी। यहाँ भी प्यार था- थोड़ा ही सही, अजीब ही सही। उन्होनें कुछ जवाब नहीं दिया। बस हाँ में सिर हिला दिया।

आज की रात अग्रवाल जी को बैचेनी होती रही। बहुत कुछ अजीब हुआ था। लाशों से चोरी, हँसती और खुश होती ममता की शक्ल और इस कमरे जैसे घर से अचानक पैदा हुआ अपनापन.....सब एक अप्रत्याशित अनुभव था। पर उस सबसे ज्यादा उनके दिमाग ने यह गूंजता रहा कि ममता उसे घर का हिस्सा मान रही है। वो सोने की कोशिश करते रहे, नींद नहीं आयी। वो आँख बंद करके अपनी पत्नी और बच्चों को याद करने की कोशिश करते रहे, जहन में ममता और जोगिंदर घूमते रहे। अग्रवाल जी अपने आप से कहने की कोशिश करते रहे कि कल सुबह घर के लिए निकल लें, पर दिल घबराता रहा। घर में अंधेरा था। हर कोई सो चुका था। वो भी लेटे रहे....।

"क्या हुआ जगन्नाथ?"

अग्रवाल जी ने चौंक कर देखा, सामने रामचरण जी खड़े दिखे। चेहरे पर रोशनी और सफेद सा लबादा। "तुम?? यहाँ कैसे?" अग्रवाल जी ने दबी जबान से कहा साथ ही सिर घुमा कर चारों तरफ देखा कि कोई जाग तो नहीं रहा।

"कोई नहीं जागेगा। सब पैसे मिलने की खुशी में सो रहे हैं। चाहो तो चिल्लाकर देख लो।" रामचरण हँसे।

"बाहर......बाहर चलें। वहीं बातें करना ठीक है।" अग्रवाल जी चटाई से खड़े हो गए। चुपचाप सांकल खोली और बाहर आ गए। बाहर चांदनी रात का उजाला था, पर शांति थी। कोई भी बाहर नहीं था।

"तुम कहाँ थे? यहाँ कैसे आए?" अग्रवाल जी ने अधीर होकर पूछा। इतने दिनों बाद कोई पुरानी जिंदगी का इंसान मिला था। हालाँकि ये वही इंसान थे, जिसकी वजह से आज अग्रवाल जी अपनी मखमली गद्दी छोड़कर चटाई पर लेटे थे। वो बार-बार रामचरण को कोसते भी रहे थे पर आज उन्हें देखकर क्रोध नहीं आया, बल्कि अच्छा लगा।

"मेरा तो यहीं, हिमालय पर, घर है। पर तुम कैसे?" रामचरण हँसे।

"कैसे?? अरे तुमने ही तो कहा था कि केदारनाथ जाओ, केदारनाथ जाओ.. बस मैं उसी धुन में आ गया। पर तुम्हें तो पता ही होगा यहाँ का हाल.......। सारे मर गए, मैं यहाँ हूँ।"

"हाँ.......बहुत सारे मर गए और तुम फंस गए। है ना?"

"नहीं फंस गया कहना उचित नहीं। हाँ इनका व्यवहार अच्छा नहीं है। पर यह भी सच है कि मुझे बचाया इन्होनें ही है।"

"तुम्हारे प्रति बुरा-व्यवहार?? मित्र मैं उन्हें शाप देकर भस्म कर सकता हूँ। मैं तुम्हारा प्रतिशोध लूँगा।" रामचरण गुस्से से दरवाजे की तरफ बढ़े।

"अरे........नहीं नहीं। रुको भाई। ऐसा नहीं है। उनका व्यवहार ऐसा ही है। मतलब सिर्फ मेरे लिए बुरा नहीं बल्कि आपस में भी ऐसा ही है। मतलब, उनके लिए यही सामान्य है शायद।"

"तो चलो उन्हें डांट कर बताएं तो कि व्यवहार कैसा करना चाहिए। उनका सामान्य सही करना पड़ेगा।" रामचरण उतावले हो रहे थे।

"अरे नहीं भाई। उनके परिवेश में, उनके घर में और उनके जीवन में यही सामान्य है और यही सही है। उसे ज्यादा छेड़ना ठीक नहीं।"

"यह क्या बात हुई?"

"यही सच है भाई। पहले मुझे ये दोनो दुनिया के बुरे इंसान लगते थे। एक झगड़ालू तो दूसरा शराबी। पर झगड़ालू तो उसका एक लक्षण मात्र है। वो एक चिंता करने वाली माँ भी है और ऐसी महिला है जिसने मेरी सेवा की है। जोगिंदर भी शराबी के साथ -साथ मेरा प्राण रक्षक तो है ही। हम एक चरित्र की वजह से उसे पूरा गलत या सही नहीं कह सकते हैं। और सोचो, मुझे तो तुम भी दोषी लगते थे, जिसेकी वजह से मैं यहाँ आ गया। पर अब लगता है कि ठीक है, तुम्हारा दोष नहीं। जो लिखा था, वो होना ही था।"

"फिर तुम्हें केदारनाथ आने का अफसोस तो बहुत होगा।"

"पता नहीं। सच कहूँ तो पता नहीं........।"

"हाँ बाबा के दर्शन हुए या नहीं।"

"मंदिर? वहाँ तो पहुँच गया था। वहाँ के दरवाजे को पकड़ कर तो बचा।"

"तभी खुश हो, दर्शन हो गए, और क्या चाहिए?" रामचरण मुस्कुराए।

"अरे नहीं भाई। उस समय का तो अफसोस है मुझे। संतुष्टि तो इन लोगों के साथ है। अलग सा घर, अलग से लोग। अब तो मैं एक-दो दिनों में वापिस चला जाऊँगा। इन लोगों को मैं गलत समझता रहा कि ये मुझे पकड़ कर रखेंगे। पर आज ही ममता ने कह दिया है कि मैं आजाद हूँ। मुझे इन लोगों से खुशी मिली है।"

"वैसे जगन्नाथ, इस बार तुम्हारी बातें बड़ी सामाजिक है, व्यवहारिक नहीं। मानो न मानो, इस दर्शन और इस जगह से तुम्हारे अंदर काफी परिवर्तन आ गया है। तुम ज्ञान की बातें करने लगे हो।" रामचरण मुस्कुराए, "वैसे कब घर जाना चाहोगे? और अब तक फोन किया या नहीं। घर पर भी लोग चिंतित होंगे।"

"नहीं, फोन नहीं कर पाया। पर मैं भी मिलना चाहता हूँ घरवालों से। मेरी पत्नी मेरे बच्चे, बहुएं, पोते, सबसे........। पता नहीं कैसे होंगे?"

"चलो फिर अगली बार मुलाकात वहीं होगी दुकान पर.........." रामचरण धीरे-धीरे चलते हुए अंधेरे में गायब हो गए। अग्रवाल जी थोड़ी देर खड़े रहे फिर वापिस मुड़ चले। अपना घर पीछे से। दरवाजे को खोलने की कोशिश की, पर वह अंदर से बंद था। पर कैसे? वो परेशान हो गए! अभी तो दरवाजा सटाकर बाहर आए थे, फिर बंद कैसे हो गया। वो जोर -जोर से दरवाजा हिलाने लगे और बोलते रहे- बच्चों खोलो.......।

अग्रवाल जी की आँख खुल गई। सपना टूट गया, अजीब सा। देखा तो सुबह होने वाली थी पर घर में अभी हर कोई सो रहा था। अग्रवाल जी ने मुस्कुरा कर आँखें बंद कर ली।

"तो बाबा क्या सोचा है? कब जाओगे? या यहीं रहने का मन बनाया।" सुबह -सुबह रोटियाँ सेकते हुए ममता ने पूछा। अग्रवाल जी चौंक उठे। काफी देर से वो सोच रहे थे कि पूछें इस बारे में। पर झिझक रही, कहीं ऐसा ना हो कि कल की अच्छी-अच्छी बातें रात के साथ ही ढ़ल गयी हो।

"घर तो जाना चाहता हूँ।" अग्रवाल जी ने शांत स्वर से जवाब दिया।

"तो कब का मूहर्त निकाल रखे हो बाबा" ममता हँसी।

"कल" अग्रवाल जी मुस्कुराए, "कल तो तुम मेरी सेवा करना चाह रही थी, आज मैं भारी लगने लगा क्या?"

"अरे नहीं! देख जोगी, घर का जिक्र आने से बाबा कैसे चमक रहा है। इसकी जीभ अब कैसे चल रही है। बस एक तू ही अभागा है जो घर आना नहीं चाहता.....।" ममता हँस पड़ी

"पर बाबा, आज ही निकल लो। कल क्या पता सरकारी लोग आयें ना आयें?" जोगिंदर ने पूछा। "अब क्या फेयरवेल लेकर जाओगे।"

"आज रुक जाने दो, कल चला जाऊँगा। आज फिर से जंगल चलते है, शायद कुछ और मिल जाए। तुम दोनों की सुविधा हो जाएगी तो मुझे अच्छा लगेगा।"

"अरे वाह। ऐसा क्या खिला दिया तुमने इसे," जोगिंदर चौंक पड़ा, "इसकी तो आवाज ही बदल गयी। वो पुण्य -पाप, चोरी-डाका, सब भूल गया बाबा। वो सारे ज्ञान जो तूने मुझे दिए थे, जबरदस्ती...........अब छू मंतर हो गए?"

अग्रवाल जी ने जवाब नहीं दिया। मन ही मन कहा कि ज्ञान बड़ी चीज है पर उससे ज्यादा बड़ी चीज प्यार, खुशी और अच्छे दिनों की उम्मीद। पर यह

बातें भारी है और इन दोनो के दिमाग में नहीं जाएगी। पर आज के दिन अग्रवाल जी रोज के सारे काम करना चाहते थे मगर लगाव के साथ। एक दिन वो अपने रक्षक के साथ जीना चाहते थे। फिर कल बचाव दल ना भी हो, वो फोन करके अपने बेटे को बुला लेंगे।

"क्या बात?, कहीं बाबा ने तुम्हारे साथ हो लेने की बात सच्ची तो नहीं मान ली। देखो पैसे जोड़ना चाहता है।" जोगिंदर ने चुटकी ली। ममता ने हाथ में पकड़ा बेलन फेंक कर मारा जो जोगिंदर के बगल में गिरा।

"चुप कर मनहूस। बकवास ना कर...........। बाप की उम्र का है ये।"

"अरे तुमने ही तो कहा था" जोगिंदर हँसा।

अग्रवाल जी मुस्कुरा उठे। दोनो खूब लड़ते हैं, एक दूसरे को कोसते हैं। गालियाँ और अपशब्द भी आदान-प्रदान होते हैं। ऐसा लगता है मानो ये लड़ने-बिगडने के लिए ही साथ हों। अगर दोनो के बीच फोन की लाईन हो तो वह चौबीस घंटे व्यस्त ही आएगी। अग्रवाल जी के मन में अपने जीवन के पन्ने भी खुले। वो और उनकी पत्नी! न्यूनतम संवाद। जो ये बोलते थे, वो वह सुन लेती थी और जो वो बोलती थी, वो अग्रवाल जी अनसुना कर देते थे। विवाद नहीं हुए, लड़ाई भी नहीं हुई। अगर यहाँ भी कोई फोन की लाईन होती तो उपयोग में ही नहीं आती। उन्हें अपना परिवार कमजोर लगने लगा।

"चलो चलो," अग्रवाल जी ने जोगिंदर से पूछा।

"हाँ चलो बाबा...............।"

दोनो थैला लेकर चल पड़े। जंगल में ढूँढेगे, आज फिर कुछ मिल जाए..... धन संपत्ति या अंगूठी। आज अग्रवाल जी के पाँव और विचारों में झिझक नहीं थी। यह वाली सुबह शायद दुबारा नहीं आनी थी।

जोगिंदर और अग्रवाल जी आज जंगल की तरफ नहीं जा पाए। मंदिर के आस-पास यह चर्चा थी कि पुलिस जंगल में लोगों को ढूंढ रही थी। ऐसे में आज कुछ पाने की संभावना कम ही थी। जोगिंदर को बेचैनी थी कि आसानी से मिलने वाला धन आज हाथ से जाने वाला था। कल से अग्रवाल जी भी चले जाएंगे, ऐसे में उसकी घबराहट लाजमी थी। वो बार बार इधर उधर घूम रहा था, हर किसी से पूछ रहा था कि क्या चल रहा है और कब तक चलेगा। पर अग्रवाल जी......... वो आज संतुष्ट थे। वो अपनी भीख मांगने वाली जगह पर बैठ गए थे। हाँ आज न तो दुखी थे न ही मांग रहे थे। आज वो खुश थे। पीछे मंदिर में आरती चल रही थी। अग्रवाल जी भी आरती गुनगुनाते हुए हिल रहे थे।

"बाबा, आज का तो हो गया जो होना था। देखा, तेरे जाने का सोचते ही हमारी खुशियाँ भी कम हो गई।" जोगिंदर भी परेशान होकर उनके सामने बैठ गया।

"नहीं बेटे, जितना मिला उसे आशीर्वाद समझ कर भगवान का शुक्रिया करना चाहिए।"

"हाँ-हाँ, क्यों नहीं। पर यह देखो-अनोखी लीला। आज इतने दिनों बाद पुलिस जंगल में ढूंढने निकली है। अरे इतने दिनों तक कोई बचेगा क्या? लाश तक तो गल गई सारी। मुझे तो लगता है, उनको भी वही चाहिए जो हमें चाहिए।"

"बेटे अच्छा सोचो और परेशान मत होओ। अच्छा बताओ, तुम्हें अपनी जिंदगी अच्छी करने के लिए कितना पैसा चाहिए? मान लो-अगर भगवान कहे कि मांगो कितना चाहिए तो कितना मांगोगे?"

"ओह हो! बाबा तुमने तो मेरी दुखती रग छेड़ दी। मुझे हमेशा लगता है था कि जंगल में कभी नागमणि मिल जाएगी, कभी किसी राजा या डाकू का

खजाना.......पर कभी धेला भी नहीं मिला। अरे मैं तो बीस-तीस लाख रुपये मांग लूँगा।"

"और उससे क्या करोगे?"

"बस निकल लूँगा। एक नई जगह जाऊँगा, घर बनाऊँगा, दारु पियूँगा......"

"और ममता रोकेगी नहीं?"

"बाबा निकल लूँगा बोला मैंने, निकल लेंगे नहीं। उसे इस किट किट के साथ तो वो पैसा भी कम पड़ जाएगा। ये उस पर नागिन की तरह कुंड़ली मार कर बैठ जाएगी। हाँ थोड़े इसको भी दे दूँगा पर सारे नहीं।"

अग्रवाल जी के अंदर का ज्ञान दाता गुरु चुप हो गया। जोगिंदर और ममता उनके प्यार और परिवार की परिभाषा से अलग थे।

"वो जैसी भी है, घर का ध्यान रखती है ना। खाना बनाती है, बच्चे को पाल रही है। उससे थोड़ा प्यार से बात करेगा तो अच्छा होगा।" आखिरी सलाह सोचकर अग्रवाल जी ने कहा।

"बाबा तो बबूल का पेड़ है। पानी डालो, खाद डालो या अपना खून डालो, उस पर बबूल के कांटे ही आने हैं। और मैं भी तो घर का ध्यान रखता हूँ ....। उसको देखा है कैसे काटने को दौड़ती है। अरे दारु कौन नहीं पीता.....। उसको दारु से नहीं मेरी खुशी से चिढ़ है। जिस दिन मुझे गालियाँ दे देती है, भड़ास निकल जाती है और वो चैन से सो जाती है। अच्छा है तू आजाद हो रहा है। मैं तो भाग भी नहीं सकता।"

अग्रवाल जी चुप हो गए। जोगिंदर अपनी भड़ास निकाल कर शांत हो गया और वहीं लेट गया।

"छोड़ो बाबा, ये किट-किट तो चलती रहेगी। इतन दिन साथ रहे, हमने तुम्हारा नाम नहीं पूछा। तुम्हारा क्या नाम है?"

"मेरा नाम जगन्नाथ अग्रवाल है। पर बाबा भी ठीक है।" अग्रवाल जी हँसे।

"बस मैं तो यहीं कहूँगा-नाइस टू मीट यू बाबा" जोगिंदर भी हँस पड़ा। पहले जब वो टूर गाइड का काम करता था तब काफी अंग्रेजी के जुमले आते थे। अब बिना दारु के अंग्रेजी निकलती नहीं थी।

"जोगी.........जोगी.........." दूर से कोई चिल्लाता हुआ आ रहा था, "जोगी, घर जा जल्दी.......फटाफट। वहाँ पूछ ताछ चल रही है...........।"

जोगिंदर तेजी से उठ कर खड़ा हो गया। अभी जिस पत्नी की बुराई जी भर कर की थी, वहाँ उसे जोगिंदर की जरुरत थी। अग्रवाल जी पूछे "मैं भी चलूँ।"

"नहीं बाबा। तुम इधर ही धूप लगाओ। मैं अभी आया।"

अगले आधे घंटे तो अग्रवाल जी पीछे मंदिर से आ रही आवाज के साथ झूमते रहे, पर जैसे-जैसे समय बीतने लगा, उनको एक अजीब चिंता सताने लगी। पता नहीं अब क्या पंगे किए बैठे है ये दोनों? एक मन कर रहा था कि घर चल लें, पर दूसरी आवाज यह भी आ रही थी कि इस घर में ज्यादा घुसना ठीक नहीं। निजी मामला होगा.......। जब जिज्ञासा और बेचैनी ज्यादा बढ़ गयी तो अग्रवाल जी खड़े हो गए। इधर -उधर चहल -कदमी की ओर अंत में साथ खड़े चाय वाले से पूछा-

"भैया, ये जोगिंदर का कुछ पता है? किधर गया?"

"अरे बाबा, तुम्हारे सामने तो घर की तरफ गया था।"

"हाँ!! मगर काफी देर हो गयी..........। क्यों गया ये बताया नहीं।"

"अरे पंगे वाला परिवार है। ये शराबी है, बीवी लड़ाकी.........कुछ कर दिया होगा। पुलिस आई है घर पर।"

"पुलिस!!!"

"हाँ........उसी पूछ ताछ में गया है। तुम इधर ही बैठो। उसके साथ फंस गए तो अंदर हो जाओगे।"

आस पास खड़े लोगों ने भी जोगिंदर के बारे में अपने ख्याल बताने शुरु कर दिए। सबकी बातों में यह था कि उसके साथ लफड़ा है, उससे दूर रहो। पर अग्रवाल जी के कान बंद हो चुके थे। उनकी घबराहट बढ़ती जा रही थी। "कल ही जंगल से चोरी की और आज पुलिस आ गई। जरुर किसी ने शिकायत की होगी। और पता नहीं पुलिस उनके साथ क्या करे। वो पैसे तो जरुर ले लिए जाएंगे।" अग्रवाल जी मन ही मन बुदबुदाते हुए तेज कदमों से घर की तरफ चल पड़े। वो पैसे, सिर्फ पैसे नहीं, जोगिंदर और ममता के सपने भी थे। उनका ये हश्र होगा, इसकी कल्पना कठिन थी।

घर की दूरी ज्यादा और रफ्तार कम लगने लगी तो अग्रवाल जी दौड़ने लगे। आज वो जल्दी से जल्दी घर पहुँचना चाहते थे।

“पिताजी........” एक तेज आवाज ने अग्रवाल जी को अचानक रोक दिया।

“पिताजी..........” पीछे से सज्जन भागता हुआ आ रहा था। उसके साथ कुछ लोग और भी थे। अग्रवाल जी को अपने बेटे की आवाज, शक्ल, दौड़ना सब इतना अच्छा लगा कि वो वहीं स्तब्ध खड़े रह गए। सज्जन ने दौड़ कर अपने पिता कि पाँव छुए, अग्रवाल जी ने उसे गले से लगा लिया।

“कैसे हो बेटे?”

“पिताजी...........। आप कैसे हैं? कहाँ थे? फोन भी नहीं किया।” सज्जन की आँखों से आँसू बह निकले।

“फोन वॉलेट सब गुम हो गया, बस जान बच गयी,” अग्रवाल जी मुस्कुराए, “काफी बर्बादी हुई पर शायद किस्मत में तुम लोगों से मिलना लिखा था, देखो, मैं ठीक-ठाक बच गया।”

“घर पर सब बहुत परेशान हैं। आप के लिए बहुत चिंतित हैं। भगवान का लाख-लाख शुक्र है कि आप ठीक हैं।” अब तक सज्जन के साथ आए लोग भी पहुँच चुके थे।

“पिताजी ये बंसल साहब हैं, अपने विधायक जी के सेक्रेटरी। इन्होनें हेलिकाप्टर से आने और ढूँढने का इंतजाम करवाया -सारा।”

बंसल जी ने हाथ जोड़कर नमस्ते किया, अग्रवाल जी ने भी हाथ जोड़ दिए।

“सर जी हम तो आपको ऊपर केदारनाथ के पास से लेकर नीचे गौरीकुंड तक ढूंढ लिया था। पर आप रास्ते से इधर मिले। पर चलो मिले तो सही............। यहाँ पहुँचे कैसे सर जी आप.......जंगल पार करके?” बंसल जी ने मुस्कुराते हुए कहा।

“बस किस्मत थी....। साथ वाले तो नहीं पहुँच पाए, मेरे ऊपर प्रभु की कृपा रही होगी।” अग्रवाल जी बोले।

“आप सच्चे भक्त होंगे सर जी।”

अग्रवाल जी के दिमाग में पहला ख्याल अपने दोस्त का आया, सच्चा भक्त........पता नहीं बचा या नहीं............। दिल में तेजी से पुराने डरावने वक्त की तस्वीर घूमने लगी और अचानक एक जगह रुक गयी। वो दृष्य कि पैर फिसला और वो गिर पड़े-यहाँ मन अटक गया............। जोगिंदर, ममता, पुलिस,............ अग्रवाल जी के दिमाग में दस्तक देने लगे।

"मुझे एक जगह जाना है.........अभी.........।"

"कहाँ -पिताजी?"

"तुम्हें मेरे यहाँ होने का पता कैसे चला?"

"लोगो ने बताया कि गाँव में एक बुजुर्ग है जिसे कोई परिवार उठा कर लाया है," बंसल जी आगे आए, "हमने परिवार ढूंढ लिया- बस आपको मिल गए।"

"वहीं जाना है मुझे, उसी परिवार से मिलने। तुम चलोगे सज्जन.......।"

"अरे सर जी चिंता मत कीजिए, पुलिस है वहाँ। सारा सामान वसूल लेगी उनसे। आपका धेला भी नहीं पचा पाएंगे" बंसल जी ने मुस्कुरा कर कहा।

"सामान!! सामान से ज्यादा कुछ है वहाँ, चलो।" अग्रवाल जी तेज कदम घर की तरफ चल पड़े। पीछे सज्जन भी चल पड़ा और बाकी लोग भी।

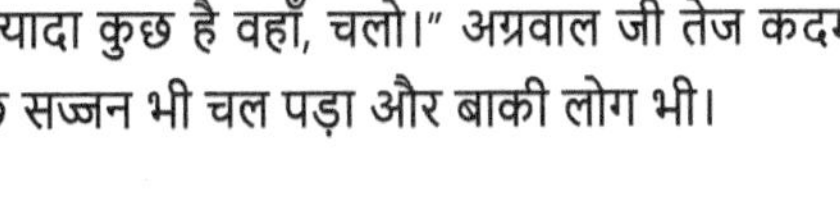

घर के बाहर भीड़ जमा थी और अंदर शोर.....। बाहर पुलिस की गाड़ी खड़ी थी और दो पुलिस वाले दरवाजे पर खड़े थे। बंसल जी के साथ होने की वजह से अग्रवाल जी अंदर आ गए। अंदर का दृष्य अजीब था। ममता कोने में अपने गोद में बच्चे को जकड़े बैठी थी और दो पुलिस वाले उसे उठाने की कोशिश कर रहे थे। जोगिंदर दूसरे कोने में थप्पड़ खा रहा था। हर तरफ शोर था, जोगिंदर के रोने और चीखने का, फिर ....हर तरफ शोर। ऐसे में घर के अंदर तीन-चार लोगों का अचानक आ जाना एक क्षणिक शांति ले आया। अग्रवाल जी की बेचैन आँखें ममता पर जा टिकी। ममता ने अग्रवाल जी को देखा तो एक हाथ का सहारा लेकर उठ गयी। दूसरे हाथ में अब भी बच्चा जकड़ रखा था। वो आगे बढ़ी और एक झन्नाटेदार थप्पड़ अग्रवाल जी के गाल पर जड़ दिया। "बाबा, साले अहसान फरामोश। हमारे साथ रहता था, हमारा खाता था और इतना बड़ा धोखा!! अरे मरता हुआ लेकर आया था जोगी तुझे और तू हम पर चोरी का इल्जाम लगा रहा है। अरे कुत्ते को दूध पिलाते तो वो भी वफादार होता है, तू तो नीच है। थू ऽऽ।"

आस पास खड़े पुलिस वालों ने अब तक ममता को पकड़ लिया था। बाजू से, बालों से हर तरफ से। अग्रवाल जी सन्न रह गए। इधर ममता की आवाज रुक न सकी।

"क्या चुराया हमने तेरा फटीचर बाबा। अरे था ही क्या तेरे पास? हमें जेल भेजेगा, हमें। क्यों, तेरे जैसे घटिया आदमी की जान बचाई, गोली मरवा दे।"

"चुप करो" पुलिस वाले की आवाज गूँजी "ये पैसे, अंगूठियाँ क्या शादी में मिली थी। थाने ले चल इसे, वहीं सिखलाएंगे कानून। थप्पड़ चलाती है......"

अग्रवाल जी की आँखों से आँसू बहले लगे। उन्हें समझ में आ गया कि उनकी सेवा करने और उन्हें बचाने का दंड इस परिवार को मिल रहा था। जंगल

से चोरी की हुई अंगूठियां उनके खिलाफ सबूत हो गए थे। वो धीरे-धीरे ममता की तरफ आगे बढ़े। ममता उन्हें आगे आता देख कर चिल्लाने लगी, “दूर रह साले। मारेगा, मारेगा मुझे.....मार............। यही कमी बची है..........”

अग्रवाल जी पास जाकर ममता के पैरों पर गिर गए।

“मुझे माफ कर दो बेटी। मुझे माफ का दो......। मेरी वजह से तुम्हें इतनी तकलीफ हुई......मैं दोषी हूँ, मुझे माफ कर दो।” वो बोलते रहे और रोते भी रहे। हर कोई स्तब्ध खड़ा था। जोगिंदर भी छूट गया और धीरे-धीरे सरकता हुआ ममता के पास आकर खड़ा हो गया। अग्रवाल जी की आवाज भी सिसकियों के साथ मिल गई। “तुम दोनो ने मेरे लिए जो किया, वो मेरे माँ-बाप जैसा था। मेरी जान बचाई। मेरी सेवा की और मुझे अपने घर में जगह दी। मैं तुम्हारे लिए कुछ नहीं कर पाया। मुझे माफ कर दो। मेरी वजह से तुम्हें ये दिन देखना पड़ा मेरी गलती है।.........

ममता भी स्तब्ध खड़ी थी। जोगिंदर ने अग्रवाल जी को उठाया। “बाबा, तुम भले मानस हो पर हम चोर नहीं है। ये पुलिस वाले हमें जेल ले जा रहे हैं। हमें बचा लो।”

“जोगी मेरे बच्चे। तुम मुझे शर्मिंदा मत करो। कोई तुम्हे कुछ नहीं करेग.... मेरा वादा है। बस मुझे माफ कर दो। ममता, मैं इस घर का सदस्य हूँ, मैं बाबा बनकर ही वापिस जाना चाहता हूँ, इस तरह नहीं। प्लीज........”

ममता ने अपने आँख और नाक पोंछे, “बाबा, आप जाओ यहाँ से। बस.... अब हमें अकेला छोड़ दो। आप जाओ.......और ये पैसे वगैर भी ले जाओ।”

अग्रवाल जी चुपचाप पीछे मुड़ गए। उन्होंने सज्जन और बंसल जी को बताया कि इस परिवार ने ही उनकी जान बचाई है और ये अंगूठियाँ उन्होंने इन्हें उपहार में दिया है। पुलिसवाले भी वापिस हो गए।

धीरे-धीरे सब बाहर आ गए। सज्जन भी दोनो को नमस्ते करके आ गया। अग्रवाल जी अब भी अंदर थे।

“बाबा- जाओ। आज के लिए जिंदगी में काफी ड्रामा हो गया है। बस चले जाओ” ममता ने अग्रवाल जी को कहा। वो जवाब न दे सके। धीरे-धीरे दरवाजे की तरफ बढ़ गए।

"ज्यादा जोर से लग गई हो तो माफ कर देना" ममता ने धीरे से कहा और दरवाजा अंदर से बंद कर लिया।

दादरी में माहौल और भावनाएं फिर से सामान्य होने लगी थी। अग्रवाल जी को वापिस आए एक सप्ताह हो चुका था। शुरुआती दो तीन दिनों में हर कोई आया, अग्रवाल जी का हाल-चाल पूछने और अब लोगों का आना बंद हो चुका था। अग्रवाल जी पिछले एक -दो दिनों से दुकान पर जाते थे, बैठते थे पर उनका मन नहीं लगता। वो अक्सर छत पर जाकर बैठते और शहर देखा करते। ऐसा नहीं कि वो वापिस अपने सामान्य कार्यकलाप में लौटना नहीं चाहते थे, पर दिल का एक हिस्सा वो वहीं छोड़ आए थे। रह-रह कर उन्हें ममता और जोगिंदर का दुखी चेहरा याद आ जाता। वो इस तरह वापिस आए, वह सुखद नहीं था।

"क्या बात है? आप चिंतित लग रहे हैं।" उनकी धर्मपत्नी ने पूछा। आज शाम भी अग्रवाल जी छत पर ही बैठे थे।

"कुछ नहीं।"

"आपके मन में कोई बात है जो आपको अंदर से दुखी कर रही है। आप बता दीजिए, जी हल्का हो जाएगा।"

अग्रवाल जी ने अपना सिर वापिस मोड़ लिया।

"मैं आपकी पत्नी हूँ................मुझे तो बता सकते हैं।"

"तुम्हारी और मेरी कभी लड़ाई हुई है?" अग्रवाल जी मुड़े।

"न.......नहीं!! पर इसका क्या मतलब?"

"नहीं हुई ना। बहस भी नहीं हुई.........क्यों?" अग्रवाल जी ने अपनी पत्नी की ओर देखते हुए पूछा। उनकी पत्नी साधारण नाक-नक्ष, चेहरे पर कई झुर्रिया आ चुकी थी, कुछ बाल सफेद, कुछ काले......और थोड़ी मोटी भी। कई महीनों के

बाद इतनी बारिकियाँ नजर आई। धर्मपत्नी को सवाल समझ नहीं आया इसीलिए जवाब देकर मुसीबत मोल लेना ठीक नहीं लगा।

"क्या हम दोनों बिल्कुल ही अच्छे हैं?"

"जी..........मेरा तो पता नहीं पर आप तो बहुत अच्छे हैं। घर का इतना ध्यान रखते हैं, इतनी मेहनत करते हैं। और लड़ाई इसीलिए नहीं होती कि लड़ना अच्छी बात नहीं हैं।" धर्मपत्नी की राजनैतिक बातें सुनकर अग्रवाल जी ने लंबी साँस छोड़ी।

उनकी पत्नी ने भांप लिया कि जवाब इच्छा के अनुरुप नहीं था। "आप क्यों पूछ रहे हैं यह सब। आपको तो खुश होना चाहिए कि आपकी पत्नी झगडा़लू नहीं है।" वो मुस्कुरा उठी।

अग्रवाल जी मुस्कुरा उठे। वो उठकर आए और अपनी पत्नी को गले से लगाकर बोले "फिर तुम माँ भी तो हो। लड़ने का हक है........."

कई सालों में ऐसा अद्‌त अनुभव आया, अग्रवाल जी और उनकी पत्नी दोनो को ही यह अहसास अजीब और अजीज लगा।

"आप बदल गए हैं।" पत्नी का संक्षिप्त जवाब आया। खुशी से भरा हुआ।

"मुझे आपको कुछ बताना है। अपने इस केदारनाथ यात्रा के बारे में........।"

"मैं कब से सुनने को तरस रही हूँ.........बताईए।"

अग्रवाल जी ने अपनी यात्रा का वृतांत बताना शुरु किया। देहरादून से शिवानंद जी का साथ, उनकी भक्ति, आरती में झूमना, भगवा पहनना, कैंप, कैंप का नवविवाहित जोड़ा.......सब। और फिर केदारनाथ की तबाही, मौत का भय, सब कुछ............। बाहर शाम गहरी होती गई और अंदर अग्रवाल जी हल्के होते रहे। इतनी बातें करना उनकी आदत नहीं थी।

आज अग्रवाल जी ने दुकान पर अर्नव को बुला रखा था। जब बच्चों की माँ से सहजता हो गई तो अग्रवाल जी को घर के राज भी पता लगे थे। जब वो केदारनाथ के प्राकृतिक आपदा में फंसे थे, यहाँ भी आपदाएं आयी थी। कुछ दिनों तक घर को ट्रेवल कंपनी पर आस रही, फिर समूह पर, फिर किस्मत पर और भगवान पर भी। पर जैसे जैसे दिन बीतते गए थे, सबके मन में उनके कभी वापिस ना आने का विचार भी जगह बनाने लगा था। अग्रवाल जी के बगैर जो दो सप्ताह बीते थे, उसमें घर पर भी नई चीजें हुई थी। उनमें से एक अर्नव का प्यार भी था। वही पुराना प्यार, जो अग्रवाल जी के व्यावहारिक कदमों ने कुचल रखा था, दुबारा अंकुरित होने की कोशिश करने लगा था। बीती रात जब धर्मपत्नी ने बताया कि उसी लड़की के घरवाले भी दो-तीन दफे हाल-चाल पूछने और मदद करने को कहने आए थे, अग्रवाल जी मुस्कुरा उठे थे। आज उन्होंने इसीलिए अर्नव को बुलाया था।

"और क्या कुछ चल रहा है जिंदगी में?" औपचारिक बातों के बाद अग्रवाल जी ने अर्नव के कंधे पर हाथ रखा।

"कुछ नहीं। अब तक आप की चिंता थी, अब आप आ गए है, सब पहले जैसा ही है।"

"तुम मुझे कुछ अलग से बताना तो नहीं चाहते?"

"नहीं पिताजी.........."

"हूँ.........। पर मैं तुम्हें कुछ बताना चाहता हूँ। पिछले कुछ दिनों के अनुभव में से तुम्हारे काम की बातें। पता है, हमें बचपन से पढ़ाते है कि खाली हाथ आए थे, खाली हाथ जाओगे। क्या लेकर आए थे, क्या लेकर जाओगे? वगैरह-वगैरह......। पर फिर भी हर कोई जोड़ता है, मैं भी, मेरे पूर्वज ने भी जोड़ा और सब जोड़ते हैं- क्यों?"

"अपने बच्चों के लिए........" ऐसे सवाल अर्नव जवाब के साथ कई बार सुन चुका था।

"नहीं!! मुझे भी लगता था। पर यह सब तक समझ नहीं आता जब तक जाने का समय ना आ जाए। जब मौत सामने खड़ी होती है तो न तो आपको भविय की चिंता होती है न जमा किए सामान की.......। हम जोड़ते हैं क्योंकि हमें मजा आता है। कष्ट सहकर, मेहनत कर के जोड़ते हैं क्योंकि हमें उस कष्ट में मजा आता है। अजीब है ना! पर ऐसे सोचो कि यह जीवन और शरीर अपने आप में संपूर्ण है- एक यूनिट है। एक तरफ गर्म करने के लिए दूसरी तरफ से ऊर्जा लेनी पड़ेगी। एक तरफ सुख के लिए दूसरी तरफ दुख लाना होगा। अरे बाहर से नहीं ले सकते ना! यह अलग है कि हम क्या अनुभूति करते हैं। सुख वाला हिस्सा या दुख वाला..........पर होता दोनों ही है।"

अर्नव की शक्ल से साफ दिख रहा था कि एक तो उसे समझ नहीं आया, दूसरा उसे अपने पिताजी अजीब से लगे। हिमालय पर बूटियाँ तो नहीं खा ली!

"खैर छोड़ो! मेरा यह समझना है कि सारी संवेदना और संभावना अपने अंदर ही है। पर आज मैंने तुम्हें इस ज्ञान के लिए नहीं बुलाया है। मैं यह व्यवसाय छोड़ना चाहता हूँ, रिटायर होना चाहता हूँ। मैं चाहता हूँ कि तुम इसे संभालो। इसमें मन लगाओ। इसे पालो, संजोओ............ये तुम्हारा है। जब जरुरत लगे, तभी मुझे बुलाना। मैं यहाँ नही आना चाहता।"

"पर पिताजी....। आप बैठते तो साथ में मैं और कुछ सीख लेता.....। मतलब अचानक आना बंद करना कुछ ज्यादा जल्दी नहीं है।"

"वक्त-अब मेरी उम्र के हाथ से निकल रहा है। इतने काम जमा हो गए हैं, जो इससे ज्यादा जरुरी हैं। खैर!! तुम अपनी तरफ से कुछ बता नहीं रहे हो तो मैं खुद ही पूछ लेता हूँ। सुना है, वो पुरानी लड़की और उसके घरवाले आए थे, मेरे पीछे..........।"

अर्नव को जिस विषय का शक और डर था, वो सामने आ ही गया। जैसे ही अग्रवाल जी ने ज्ञान-उवाच शुरु किया था, अर्नव को अंदेशा हो गया था। फिर जब उन्होनें दुकान की कमान देने की बात की, अर्नव को यकीन हो गया था कि यह मुद्दा उठेगा।

"वो ऐसे ही, आपका हाल-चाल पूछने.......बस।"

"मुझे उससे कोई परहेज नहीं है। अगर तुम्हें लगता है कि तुम उससे लड़ाई करके भी संतुष्ट रह सकते हो, अगर तुम्हें लगता है कि वक्त बदल जाने पर भी तुम उसे और वो तुम्हें दरकिनार नहीं करोगे तो मैं उसके परिवार से बात कर सकता हूँ। सच..........आखिर जिंदगी तुम्हारी है।"

"पिताजी.........." अर्नव को समझ नहीं आया कि वो क्या कहे। हाँ बहुत खुश होने की झलक चेहरे पर नहीं आने दी।

"मैं एक ऐसे परिवार से मिला, जो खूब झगड़ते हैं, गरीब हैं, पर फिर भी चिपके हुए हैं। परिवार में चिपक कर रहना ज्यादा जरुरी है। मुझे तुम्हारी पंसद पर एतराज नहीं.....। पर इस व्यवसाय को तुम्हें देने की मेरी एक शर्त है। तुम मुझे हर साल बीस लाख रुपये दोगे। इससे मुनाफा लगभग साठ लाख सालाना होता है, मुझे हर साल के बीस लाख चाहिए..........। आजीवन और मेरे बाद भी.......।"

"आप घर के मुखिया हैं........और माँ, हमारी माँ है। सारे पैसे आपके है पिताजी........"

"नहीं बेटे। जो पैसे पकड़ के रहूँगा तो व्यवसाय छोड़ नहीं पाऊँगा। और मैं सच में रिटायर होना चाहता हूँ।" अग्रवाल जी अपनी गद्दी से उठ गए। अर्नव भी खड़ा हो गया। उन्होनें आगे बढ़कर अर्नव को गले लगा लिया। अर्नव को वाकया समझ नहीं आया पर इतना जरुर पता लग गया कि आज दिन अच्छा है।

अग्रवाल जी को घर में अजीब सी बैचेनी थी। रात के खाने पर उन्होनें दो अजीबो-गरीब घोषणाएं की थी। एक -कि वो दुबारा इस गाँव में जाएंगे जहाँ से कुछ दिनों पहले ही हेलिकाप्टर और पुलिस की मदद से निकाले गए हैं। और दूसरा कि वो उस परिवार के लिए कुछ करना चाहते हैं और 'क्या करना चाहिए' इसकी सलाह चाहते हैं। अग्रवाल जी ने सबसे सलाह मांगी थी, यह अलग वाकया था। पर इस बात पर हर कोई सहमत था कि वो बदल गए हैं।

"पिताजी मेरी सलाह तो दूसरी वाली बात पर है कि हमें उस परिवार की जरुर मदद करनी चाहिए। उनका हम सब पर अहसान है।" सज्जन शुरु हुआ, "पर आपका वहाँ वापिस जाना मुझे जरुरी नहीं लगता और उचित भी नहीं। वहाँ का रास्ता भी ठीक नहीं और अभी तो हजार बीमारियाँ फैलेंगी। इतनी सड़ी गली लाशें पड़ी है पास के जंगलों में। फिर आप अभी पूरी तरह ठीक भी नहीं लगते....। हम कुछ पैसे भिजवा सकते हैं ना......।"

"आपका बहुत मन है तो हमें उन्हें बुला लेते हैं। कुछ दिन हमारे मेहमान बन कर रह लेंगे।" अग्रवाल जी की धर्मपत्नी ने सलाह दी।

"मैं दे आता हूँ" अर्नव की बारी आई। "भैया ने तो उन्हें देखा भी है, मैं तो मिला भी नहीं। पर घर लाना थोड़ा अजीब है। ऐसा ना हो कि फिर वो चिपक ही जाएं। मतलब हर छोटी-बड़ी चीजों के लिए दरवाजे पर खड़े मिले। मेरा तो कहना है कि मैं जाकर आप सबकी तरफ से उनका धन्यवाद भी कर आऊँगा और दस-बीस हजार रुपए, कुछ कपड़े वगैर भी पकड़ा आऊँगा।"

"आप बताइए ना आप क्या चाहते हैं?" धर्मपत्नी ने अग्रवाल जी के चेहरे पर असंतुष्टि पढ़ ली थी।

"हाँ......ऐसी कोई बात नहीं हैं" सज्जन ने कहा, "हम ज्यादा पैसे दे देते हैं। ज्यादा जरुरी यह है कि आप वहाँ अभी ना जाएं। मुझे बस यही दिक्कत लग रही है।"

"पैसों से सारे मसले हल नहीं हो सकते" अग्रवाल जी धीरे से बोले,"पैसे देना चाहता हूँ क्योंकि ऐसा मैं चाहता हूँ- वो हमसे लेना चाहते हैं या नहीं, पता नहीं। मिलना जरुरी है........मैं ज्यादा जल्दी आ गया।"

"पिताजी, उनको जरुरत ना भी हो, मदद तो हो जाएगी.......। और आप कुछ महीनों बाद चले जाना। वैसे पुलिस ने उनके पास से जिस तरह का सामान पकड़ा था, उससे तो मुझे यकीन है कि परिवार को पैसे की जरुरत भी है और चाहत भी।" सज्जन बोला।

"ठीक है। पर मुझे यह बताओ कि मैं उसका अहसान कैसे उतारुँ? उस महिला का सपना भी पैसा नहीं है। उसे तो बस अपना बच्चा पढ़ा लिखा, सफल बंदा चाहिए। और उस पुरुष के अरमान तो है, पर उसकी पत्नी पूरे नहीं करने देगी। अब अगर एक घर की तरह देखें, तो वहाँ उस महिला के सपने को ही सहारा देना असली मदद होगा। पैसे तो कुछ दिनों में खत्म हो जाएंगे..... फिर.....?"

"हम तकदीर थोड़े ही बदल सकते है। हम उन्हें मदद दे सकते हैं, ज्यादा से ज्यादा पैसे, घर सब दे सकते हैं। आगे उसका सपना और उसकी किस्मत.........। अपने घर लाकर तो नहीं रख सकते ना।" सज्जन की पत्नी ने अपना तर्क रखा।

"हाँ अगर बच्चे को हास्टेल में डालना चाहे तो हम खर्च उठा लें- यह एक तरीका है। बच्चा अच्छे स्कूल में पढ़ेगा, अच्छी संगत में रहेगा तो उसके अच्छे भविष्य की संभावना बनेगी।" सज्जन ने पत्नी का समर्थन किया।

"चलो ठीक है। मैं भी सोचता हूँ। यह भी सही है, अगर वो मान जाए तो। वैसे अभी तो बच्चा बहुत छोटा है। फिर उससे भी पूछना चाहिए कि उसे क्या चाहिए।" अग्रवाल जी कुर्सी से उठकर खड़े हो गए। सबकी बातें सुन ली पर मन नहीं माना। बेचैनी और सिर पर बोझ जस का तस था। वो पानी का गिलास उठाकर सीढ़ी की तरफ बढ़े। "आप लोग भी आराम करो, सो जाओ। मैं थोड़ी देर छत पर टहल कर आता हूँ।" धर्मपत्नी ने पहले सीढ़ी की ओर कदम बढ़ाया, यह सोचकर कि पति बदल गए हैं शायद एकांत में बातें करेंगे, पर फिर रुक गई- शायद एकांत चाहते हों।

अग्रवाल जी देर रात में सोए और अजीब सपनों ने उन्हें बार-बार उठाया। कभी देखा कि वो पैसे लेकर ममता के सामने खड़े हैं और भला-बुरा कह रही है। थप्पड़ भी पड़े कई बार। कई बार जोगिंदर भी दिखा जो पैसे देखकर खुश है। पर हर बार नींद खुल गई। आज की सुबह भी काफी इंतजार के बाद हुई थी। वो सुबह-सुबह घूमने निकल गए। शायद थोड़ी घबराहट कम हो।

घर से लगभग आधे किलोमीटर दूर एक छोटा सा उद्यान था जहाँ यदा-कदा ही कोई आता था। अग्रवाल जी वहीं जाकर बैठ गए। गहरी साँस ली और ऊपर वाले से मदद की गुहार लगाई।

"कैसे हो जगन्नाथ?" सामने एक आदमी खड़ा था। सफेद दाढ़ी-मूंछ और एक भूरा सा लबाढ़ा। गौर से देखा तो पता चला वो रामचरण जी थे।

"रामचरण!! अग्रवाल जी की खुशी और आश्चर्य दोगुने रफ्तार से बढ़ गए। कैसे हो?" उसने फिर पूछा।

"मैं......बहुत बढ़िया। और सच तो यह है कि मैं तुम्हें ही ढूंढ रहा था-मन ही मन। आओ बैठो तो सही। तुम यहाँ कैसे?"

"वो तुम्हें तो पता ही होगा कि हमारे केदारनाथ धाम में क्या आपदा आई है। उस समय हम लोग तो बच गए पर अब उन गावों का क्या? यहाँ सारे लोग जमा हुए हैं जो आस पास के गावों में फिर से जिंदगी बहाल करने की कोशिश करेंगें। बस आज कल यहीं जमा है........। सोचा तुमसे मिलता चलूं तो तुम यहीं दिख गए। तुम्हारा भ्रमण कैसा रहा?"

"कैसा?? भाई इस भ्रमण पर वो सब हुआ जो में सपने में भी नहीं सोच सकता।"

अग्रवाल जी ने अपने पुराने मित्र को सारी घटनाएं सुनाई। अपने पूरे झुंड, शिवानंद, बलियान जी, मंदिर और आपदा, ममता और जोगिंदर.......सब........।

"चलो यह भी अच्छा है कि तुम सकुशल आ गए। प्रभु का चमत्कार ही है। वरना वहाँ कई हजार लोग मारे गए और सैकड़ों गाँव, लाखों की आजीविका.......... सब खत्म हो गई।" रामचरण दुखी थे।

"मैं उस परिवार के लिए कुछ करना चाहता हूँ........आते समय उचित नहीं हुआ............। मुझे समझ नहीं आ रहा मैं क्या करुँ। आप सलाह दो..........।"

"मित्र सुगंध के दो तरीके हैं, एक कि अपने कपड़े पर इत्र डालो। और दूसरा कि रास्तों में फूल-पत्तियां लगाओ। पहला तरीका नकली है, संकीर्ण है, दूसरा तरीका उत्तम है। अगर आप उन्हें आने वाली पीढ़ियों तक खुश देखना चाहते हो तो दूसरा तरीका अपनाओ। आप हमारे साथ चल पाते तो आपको गाँव की जरुरत और समाधान सब दिखता। पर आप व्यवसायी हो.........। मेरी समझ से कुछ उस गाँव के लिए करो..........वो ज्यादा उचित होगा।

"ठीक है। वैसे मैं जाना चाहता हूँ पर हाँ सिर्फ कुछ दिनों के लिए......। और सिर्फ उसी जगह। अभी सन्यासी नहीं हुआ ना.........।" अग्रवाल जी हँसे।

अग्रवाल जी और उनकी धर्मपत्नी अंदर खड़े थे और बाहर एक जीप, जिसमें अभी भी सामान पड़ा था। घर ने उनका पूरा साथ दिया और एक उपहार के बदले दो या तीन उपहार डाले गए। साड़ी, कपड़ा, बर्तन, बच्चे के लिए खिलौने, जूते और चावल, दाल......सब। अग्रवाल जी अकेले आना चाहते थे पर उनकी धर्मपत्नी साथ जाने का मौका छोड़ना नहीं चाहती थी। वो सामान लाने में झिझक रहे थे, पर घर के दबाव में सामान की सूची लंबी हो गई। अब वो और धर्मपत्नी ममता, जोगिंदर और उसके बच्चे के सामने खड़े थे। ममता और जोगिंदर के लिए भी यह अजीब और सुखद था कि बाबा फिर से आया है। कि बाबा एक बड़ा आदमी तो है ही, भला आदमी भी है।

"सेठ जी, हमें माफ कर देना अगर कोई भूल-चूक हुई हो तो।" जोगिंदर ने हाथ जोड़ कर कहा। "वो हमें पता नहीं था कि आप सच के सेठ हो और फिर हम दोनों गंवार हैं जी, हमें ठीक से बात करना नहीं आता........। आपने तो देखा ही था- हम कैसे लड़ते रहते हैं।"

जगन्नाथ अग्रवाल आगे बढ़े और जोगिंदर को लगा लिया। "बेटी तुम कुछ नहीं बोलोगी" उन्होनें ममता की ओर देखा।

“सेठ जी मैं क्या बोलूँ। आप भले आदमी हो। इन सामानों की जरुरत नहीं थी। आप मिलने आ गए, यही बहुत है। ये सामान देकर आप हमें और छोटा बना रहे हैं।”

“ना बेटी, ऐसा नहीं है। सामान तो प्यार है...........अहसान नहीं। मैं आप के लिए कुछ करना चाहता हूँ। मैं भी चाहता हूँ कि आपका बच्चा एक ज्यादा बेहतर जिंदगी जिए.........।”

“आपका पोता है सेठ जी” जोगिंदर खुश होकर बोला। पर ममता के चेहरे पर उतनी ज्यादा हँसी नहीं आ पायी।

“बाऊजी, जो उसकी किस्मत होगी, वो बन जाएगा। हम तो माँ-बाप हैं। उसके पीछे पड़े रहेंगे, आगे ऊपर वाले की मर्जी। इन सामानों से मदद तो काफी होगी पर बच्चा आपसे हिला हुआ है। उसे आशीर्वाद दो कि अच्छा बने। आप जैसा बने। पढ़े, सीखे........। उसे आशीर्वाद चाहिए............।”

अग्रवाल जी ने आगे बढ़ कर बच्चे को गोद में ले लिया। बच्चा भी बाबा को पहचानना था, मुस्कुरा कर अपना प्यार जाहिर कर दिया।

“मैं बीच-बीच में मिलने आऊँगा..........ठीक है।”

“आपका घर है जब चाहो आना।” ममता हँसी, “सुना है दिल्ली में बच्चे माँ-बाप की सेवा नहीं करते हैं- वो बड़ा शहर है। आपके बच्चे अगर बुढ़ापे में ध्यान न रखें, तो इधर आ जाना। खिचड़ी तो हम खिला ही देंगे। अम्मा को भी ले आना.............।”

“जरुर..........”

समान रखा जा चुका था। उस छोटे से घर के आगे दस बारह लोग जमा हो गए थे। अग्रवाल जी और धर्मपत्नी बाहर निकल आए। पहाड़ों पर कस्बा था वो, साठ-सत्तर घर होंगे..............। ऊपर से अच्छा नजारा था। एक तरफ जंगल, दूसरी तरफ ढलान। जंगल के ऊपर से झांकती हिमालय की विशालता। उसी में एक जगह केदारनाथ भी है, शिव बाबा का मंदिर, ऊपर से सब पर नजर रखते हुए।

2016 अप्रैल के महीने में जहाँ दिल्ली और दादरी झुलस रहा था, अग्रवाल जी और उनकी धर्मपत्नी पतली शॉल ओढे बैठे थे। यहाँ तीन बजे ही ठंढ शुरु हो जाती थी। सामने टेबल पर चाय और ब्रेड-पकोड़ा पड़ा था। दूर हिमालय की चोटी नजर आ रही थी, जिस पर बादल जमा होने लगे थे।

"ये आपने सही नहीं किया बाऊजी, साँस लेने की फुर्सत नहीं छोड़ी।" वो गाँव का इकलौता ढाबा था और अच्छा भी। ममता खुश थी, अपने काम से, आने वाले पैसों से और अग्रवाल जी के आने से।

"अरे तुम काम का लो, हम बाद में मिल लेंगे। हम दोनों तब तक चाय पीते हैं।" अग्रवाल जी ने मुस्कुरा कर कहा।

"अरे ये काम तो ऐसे ही चलता रहेगा। वो जोगी भी ऊपर भाग गया है। अकेले सारा संभालना पड़ता है।" ममता व्यस्त थी। "आज तो रुकोगे ना।"

"हाँ- क्यों नहीं। अभी तो सोनू और जोगी से भी मिलना है। और कुछ और भी काम हैं।"

"बाऊजी आप यहाँ चुनाव क्यों नहीं लड़ लेते? अरे पक्का जीतोगे। जितना काम आपने किया, उतना तो कभी हुआ ही नहीं" ममता हँसी।

"अरे नहीं...........यह सब तुम लोगों का ही किया-धरा है।"

ढाबे में ग्राहक आ गए थे। ममता हाथ हिलाती हुई उधर चली गई। अग्रवाल जी खुश थे। और उन्हें खुश देखकर उनकी धर्मपत्नी भी खुश थी। उन्होनें गाँव में स्कूल खोला था, जहाँ ममता का बेटा सोनू पढ़ता था। गाँव में शौचालय बनवाए और मंदिर को एक लाख रुपए का दान भी दिया था। वैसे तो 2016 तक सड़कें भी बन गई थी, और केदारनाथ का रास्ता सुगम हो गया था, पर यह गाँव मुख्य रास्ते में नहीं आता था। अब लोग इधर भी आने लगे थे क्योंकि यहाँ से दूसरा

रास्ता शुरु हो चुका था जो जंगल के किनारे से होना हुआ मुख्य रास्ते पर मिलता था। यहाँ रुक कर नाश्ता करने का रिवाज पनप रहा था। वैसे भी मुख्य रास्ते पर मानव अवशेष की खबरें आती रहती थी। अग्रवाल जी हर चार-पाँच महिनों में यहाँ आते थे। अब आना सुगम था और मानसिक शांति भी थी। हर बार बैठ कर ऊपर से झांकते केदारनाथ की चोटी को देखते थे। पता नहीं कहाँ शिवानंद दफन हो गए, कहाँ बलियान जी.............।

"क्या हुआ? फिर जाने का मन है क्या?" धर्मपत्नी ने अग्रवाल जी को टोका। वो आज भी केदारनाथ की ओर देख रहे थे।

"नहीं................नहीं............"

"जा सकते हैं। अब तो सड़क बन गई है ना।"

"अरे नहीं। यहाँ तक आकर ही शांति मिल जाती है। वैसे भी भगवान हर जगह हैं- है ना।" वो मुस्कुरा उठे।

www.ingramcontent.com/pod-product-compliance
Lightning Source LLC
LaVergne TN
LVHW091327150826
845673LV00006B/1794